中国当代小说

——历史、想象与虚构

周少明
徐　勇
／著

復旦大學出版社

目　录

序

少明先生是澳大利亚墨尔本大学亚洲研究中心中国项目的负责人。据悉，最初该项目还只是面向极为有限的澳洲本土选修学生，最近这些年，该项目得到了快速发展，不仅墨尔本大学选修中国语言文化课程的学生人数逐年增加，而且该项目还发展起了面向全球的中英翻译硕士项目。墨尔本大学亚洲研究中心的中国项目，已逐渐发展成为一个具有自己的办学特色、研究方向及发展规划而且卓有成效的教育学术项目，不仅在澳大利亚，乃至在亚洲地区均具有了一定的影响力。

为了进一步推动上述项目的发展，尤其是通过海外游学的方式，来拓宽学生们的知识视野，丰富项目的知识文化内涵，探索相关课程的现场感与实践性，增加学生们对于中国语言、文学、文化的亲身体验与个体认知，墨尔本大学亚洲研究中心中国项目，先后与中国多所高校建立起了交流合作关系，复旦大学中文系即为其一。这些都与少明先生的主导和践履笃行分不开。我也是在一次少明先生带领墨尔本大学学生来复旦大学中文系交流学习期间，由中文系负责对接该项目的李线宜老师介绍，得以结识少明先生。也就在这次会晤交谈之中，少明先生不仅谈到了自己当年在中国国内及澳大利亚的求学经历，谈到了自己在墨尔本大学开设教授中国文学课程的一些心得体会，同时亦谈到自己在中国文学尤其是当代小说及当代电影方面的研究著述计划。

言者有心，听者亦有心。

少明先生的研究及著述计划，当时即打动了我。究其缘由主要有三。其一，这部著作旨在为那些对中国当代文学、当代文化、当代社会以及当代历史有兴趣的读者，提供一种基于文学文本的不断扩展开放式的理解途径。这种以文学文本为中心，外延扩展到当代中国，对于有兴趣的读者特别是域外读者，显然是一种切实而有效的方式；其二，这不是系统研究中国“文革”后文学，特别是小说创作发展线索的著作，但对于中国当代文学及当代文化中的一些现象，已表现出足够的敏锐和深刻洞察，并有深入浅出的分析与阐释；其三，该研究与写作计划，并非仅止于当代小说一途，据悉，少明先生对于中国当代影视亦多有关注和研究储备，如果一切顺利，他在影视方面的著作不久亦将完成并问世。也就是说，从当代小说和当代影视两个维度对当代中国文学进行研究阐释，以帮助读者在一种跨语际和跨文化的语境中了解“文革”后中国文学创作的承转启合，并由此扩展到对于整个当代中国的观察、了解、解读与阐释。

这一点，我是甚为赞同的。

西方社会对于中国的关注和了解自晚清以来便在不断扩大、增加。晚清“西学东渐”之际，在语言、文学、文化方面，通过那些来华西方人——尤其是来华传教士群体、外交官群体以及商人及专业技术人员群体——近代西方社会对于中国的了解，已经不再仅仅停留于纸质文本或只言片语式的道听途说，而是有了直接的且越来越丰富多样的接触式体验。这些全新的接触认识方式，也催生出近现代西方国家尤其是新教国家的汉学及中国学研究的兴起和发展，其中传教士汉学家群体及学院派汉学及中国学研究尤为引人注目。人们今天所熟知的牛津大学、剑桥大学、耶鲁大学、加州大学等高校的中国学研究传统中，都可以见到上述传教士汉学家的印记。

而在上述传统中，对于中国文学的研究，在一个相当长的时期内，均占据着相当重要的地位。1860 年代末，晚清文士王韬，曾接受传教士汉学家理雅各的邀请前往英国，协助后者继续完成他的“中国经典”系列翻译。而王韬亦因缘际会地结识了当时在法国乃至欧洲汉学界享有盛名的汉学家儒莲。在王韬写给儒莲的一封书札中，就列举了儒莲在中国文学研究方面已经取得的丰硕成果，包括十余种中国文学文本的法文翻译，以及对于中国古代文学文本的研究性著述。王韬的这封书札，不仅是 19 世纪中期中法两国学人之间学术交往的文献见证，也反映出当时法国乃至欧洲汉学研究的一些特性。

同样地，邀请王韬前往英国的传教士汉学家理雅各，后来不仅出任了牛津大学首任中文教授，而且在理雅各的汉学研究体系中，中国古代经典文献的翻译亦占据了显著位置。这些都可以说明，在西方近现代汉学研究传统中，对于中国文学的翻译、研究一直占据着显而易见的重要地位。

如果说晚清时期的西方汉学研究，所关注并展开研究的主要对象，还相对集中于中国古代经典的话，到了剑桥大学第二任中文教授翟理斯的《中国文学史》一书，西方汉学家对于中国文学的认知与诠释，显然已经不再局限于古代经典，还延伸到中国当代文学，甚至是传统经典之外的一些时代畅销书也得到一定关注和尝试性的介绍说明。这表明，19 世纪末 20 世纪初西方汉学界对于中国文学的评估，不仅在不断突破西方汉学界的某些既有成规，而且也在不断接近中国文学的“实际”。

20 世纪以降西方汉学界所取得的发展和成就，已广为人知。而无论是周少明先生所执教的墨尔本大学亚洲中心中国项目，抑或这部对于中国当代小说的研究著作，显然亦应该纳入这样一个大的学术研究史及著述史的背景及传统之中加以认知、判断及定位。

遗憾的是，对于澳大利亚的汉学或中国学研究，本人了解极为有限。不过，通过与少明先生的接触，亦在不断增加我在此方面的知识。而通过《中国当代小说——历史、想象与虚构》这部书稿，我对少明先生的教学、研究及著述计划，有了更直接、更具体亦更全面的了解，同时对于他在上述几个方面的期待亦水涨船高、逐渐增加。相信在这部书稿问世之后，少明先生在中国当代电影以及其他方面的研究成果，亦会相继完成出版。

在我看来，这不仅是少明先生个人教育事业与学术生涯中值得肯定与称道的成绩，也是墨尔本大学亚洲中心中国项目在教育培养及学术研究方面逐渐独立自主的一种阶段性标志，同时也是一种广义的西方汉学或中国学在21世纪全球化的世界格局与学术格局中所呈现出来的一道新景观。

段怀清

2020年6月于复旦大学

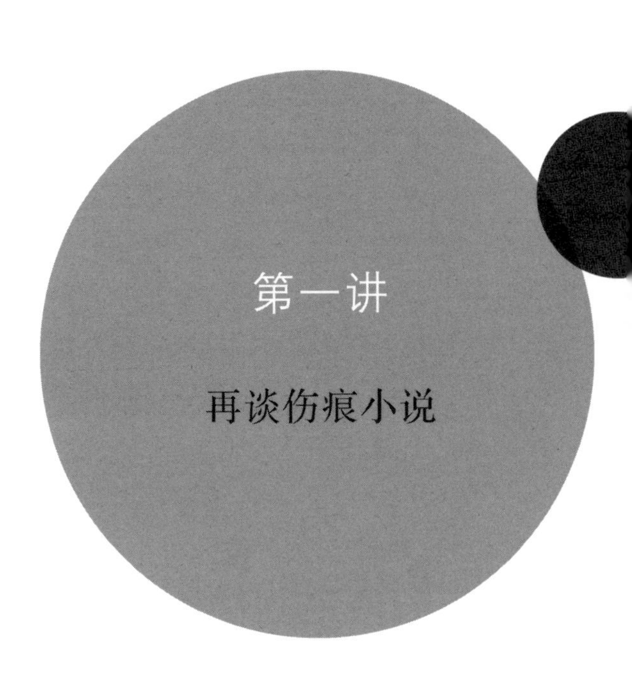

第一讲

再谈伤痕小说

历时十年的“文化大革命”，1976年以“四人帮”的败落为那场浩劫画上了一个句号。中国的小说界在心有余悸与创作激情的互动中，以刘心武的中篇小说《班主任》开篇，卢新华的短篇小说《伤痕》命题，自1977年开启了一种新的文学创作题材——伤痕小说、反思小说，并于1978年至1981年之间达到了创作的高峰。许多学者将这一新的文学潮流归结为当代文学新的精神走向。[①]它一方面诉说着“文革”在人们肉体或心灵深处/精神世界留下的重创伤痕，同时对“文革”产生的“神圣基础”也进行了不懈的挖掘，[②]它同社会思想领域中的各个部门、阶层一道，用自己独特的艺术形式反思我们国家及民族所经历的那场惨痛的十年浩劫。从某种意义上来说，它既是一种艺术潮流，又是一个政治宣言。

时光荏苒，“文革”距今已经过去近半个世纪，伤痕、反思

---

① 陈思和主编：《中国当代文学史教程》（第二版），复旦大学出版社，2017，189页。

刘思：《探析中国“中国伤痕电影叙事中的艺术正义”》，《社会科学论坛》2014年12月，60页。

② 王庆生、王又平主编：《中国当代文学史》（第二版），高等教育出版社，2016，129页。

小说似也只存在于上一代人的记忆之中了。那些举国上下曾经为之伤心、落泪、愤怒、深思、醒悟的众多作品，从某种意义上来说，随着时间长河的流逝、生活巨变所带来的全新阅读习惯以及小说园地的多元创作流派为读者提供的丰富阅读资源，它们大多慢慢地被淹没，被忘却了。2018 年 9 月在澳大利亚部分中国留学生当中进行的一份调查显示，310 位非中国文学专业的在读大学本科生中，读过伤痕、反思小说的人数为零。当年的一些颇具影响的作品，如卢新华的《伤痕》（1978）、遇罗锦的《一个冬天的童话》（1980）及古华的《芙蓉镇》（1981），在他们的记忆存储中似乎从没留下过任何痕迹。[①] 伤痕、反思小说在急速行进的当下社会，如果无人提起，便不会被他们注意了。

然而，伤痕、反思小说在中国文学创作发展的进程中，乃至整个中国社会的历史进程中所具有的积极意义是不该在我们的精神时空中暗淡下去的。它们对中国当代社会所经历的“十年浩劫”的文学叙述，不只为读者提供了一种新的文学题材，同时也是一部温习、反思历史的极好教科书。它们无论如何都是不该被忘记的。近期的影视界虽断断续续地拍摄了几部改编自“伤痕文学”相关小说的影片，并在观众中极具影响力，如张艺谋根据严歌苓的小说《陆犯焉识》改编的《归来》（2013）

---

① 此调查的对象为 310 位留学澳大利亚的本科学生。他们大多在国内接受了程度不等的初、高中教育（初三，高一或高二），后进入澳洲大学攻读生物医学、商科、工程、文科等学位。回收的问卷中，无人读过伤痕小说。问卷中有关伤痕、反思文学作者及作品的问题，也无人提供准确答案。

及冯小刚根据严歌苓同名小说改编的《芳华》(2017),但其势态已无法与伤痕、反思小说初登文坛时的情况相提并论。它们虽然都有不错的票房收入,但并没有如伤痕、反思小说般在理论界、思想界产生一种整体效应。

伤痕小说的存在,在当时的时代背景下,无论从哪个角度来说,都是具有积极意义的。然而,从产生、兴盛到被新的文学现象替代,整个过程只是短短的三年。造成如此结果的原因是什么,是作品的艺术成就不高,读者在短暂的时间内产生了审美疲劳?亦或是读者急于忘却那段极其惨痛的经历,不愿将要愈合的伤口再次揭开?是作家们过于注重自我情感的宣泄,从而忽略了作品中情节和人物刻画的深刻性?① 问题可以问得很多,学者们对这些问题研究的角度和给出的结论也不尽相同。本章欲探讨的是,"伤痕文学"短暂闪现的最重要原因之一是由其产生的特殊时代背景和所肩负的特殊使命决定的。暴露"文革"所造成的创伤,完成对"文革"的政治批判是它存在的主要缘由之一,这一点已成为学术界的共识。② 如果这样的思考合乎逻辑,那么"伤痕文学"在完成如此的使命之后,适时地退出文坛,或无法继续成为文学创作的主流或主体便成为必然了。然而,在当时的时代背景下,"暴露"和"批判"并不是社会

---

① 王茂:《论"伤痕文学"文形态的制约因素》,《新乡学院学报(社会科学版)》,2012年4月第26卷第2期,94页。

刘风雷:《"伤痕文学"的"重"与"轻"》,《学理论》2011年第3期,156页。

② 刘东玲,《伤痕文学再思考》,《文艺争鸣》2007年第2期,66页。

《中国当代文学史教程》(第二版),190页。

“反思”或“自省”的终极目的，它只是其完成特定使命的手段。噩梦初醒之际，伤痕小说无疑为社会和大众倾诉伤情，痛斥和摒弃“文革”提供了一个有效的艺术平台，但他们并不能满足社会从极“左”社会形态中迅速转型的本质需求。从深层意义上来说，通过这些手段所要达到的目的才是决定“伤痕小说”命运的终极机制。因此，若要真正理解“伤痕小说”存在的意义，理清当时的时代背景下，社会对文学创作的根本需求是十分必要的。

“文革”后社会局势的政治需求

自党的十一届三中全会以来，中国改革开放的进程已经四十年了。国情、民心经过这四十年的洗礼已经发生了前人无法预想的变化。然而，文学与社会生活的关系似乎从没有改变过。早在1902年，中国近代思想家、政治家和文学家梁启超就宣称，“借小说家言，以发起国民政治思想，激励其爱国精神”。①梁启超在谈及小说创作宗旨的时候，实际上是表明小说创作是应该与社会的政治诉求和民族情怀联系在一起的。如此的小说创作宗旨似乎从没有被摒弃过。当代作家莫言，虽没有直接将文学创作与政治结缘，但也清楚明了地表明了文学与社会之间相互关联的实质。他曾说过，“极度夸张的语言是极度虚伪的社

① 梁启超：《中国唯一之文学报新小说》，《新民丛报》第十四号，1902。

会的反映，而暴力的语言是社会暴行的前驱”。[1]在《极度疲劳》这部小说中，莫言通过各种动物及人的眼睛，对“大跃进”“文革”等新中国成立后的政治运动进行了审视，用一种荒诞的手法对当时的中国社会的政治进程做出了艺术叙述，生动地表现了文学创作与社会生活之间的相互映衬。

或许正是文学创作的这一特征，伤痕、反思文学一经呈现，便迎来了许多学者从政治学的角度对其审视。

王琼在其博士论文中指出，伤痕文学缘起于“文革”后文学与政治的相互交叠。理清时代交迭之际文学与政治之间的关系对全面准确地理解“伤痕文学”非常重要。[2]这一观点在许多学者对“伤痕文学”的解读过程中都得到了不同程度的体现。

美国和加拿大学者 Min Yang 和 Don Kuiken 强调，在分析考察“伤痕文学”时是不能脱离政治层面的。因为“文革”时期人们所经历的是一场政治运动。“文革”所带来的创痛是施加于个人及社会政治两个层面上的。如果人们只关照个人创伤，忽略产生如此创伤的政治引导，那么所谓的反思或暴露就是有选择的、受局限的。[3]而“伤痕文学”或“反思文学”的许多作品恰恰是从个人层面上来对“文革”进行反思和控诉的。他们

---

① 莫言：《极度疲劳》，作家出版社，2006。

② 王琼：《作为文艺思潮的“伤痕文学”（1976—1984 年）》，东北师范大学博士学位论文，2009，26 页。

③ Min Yang and Don Kuiken, “Scar”: a Social Metaphor for Working Through Revolution Trauma, *Frontiers of Literary Studies in China*, 2016, 10 (2): 318-342.

从整体上来说是要对“文革”进行彻底的否定。①作品否定的矛头指向的是“极左路线”，而造成此政治局势的原因是个别领导人的政治失误。

然而“文革”结束初期，噩梦初醒，惊魂未定，文学与现实政治间的关系并不是十分清晰的。作家们与全国人民一道，只能在懵懂中摸索前行。Richard King 通过“伤痕文学”梳理了 1957 年的反右时期和 70 年代末的两股文学潮流来探讨政治文化思潮。他指出，反右时期的一些作家虽指出过我党的一些错误或过失，但他们并非“持不同政见者”，他们骨子里其实是热爱党、忠于党的。王蒙和刘宾雁 50 年代的作品都指出过党内存在的一些问题，并由此受到了批判。1979 年他们的作品得以重新发表，与回顾“文革”伤痛的“伤痕文学”一道，标志着他们的回归。然而回归并非没有阻力。由于当时的政治形势并不十分明朗，改革派与保守派之间的分歧在党内还没有完全统一，在文学应该以大局为重、保持社会安定团结，还是反映问题的实质、以净化党内顽疾的问题上还无法有一个明确的答案。②如此的政治形势令“伤痕文学”或“反思文学”无法在创作过程中找到一个明确的政治坐标，在“反思”还是“暴露”的问题上，很难准确地把握一个政治认同的

① 《中国当代文学史教程》（第二版），129 页。
《中国当代文学史》（第二版），190 页。

② Richard King, “Wounds” and “Exposure”: Chinese Literature after the Gang of Four, *Pacific Affairs*, Vol. 54, No. 1 (Spring, 2981), pp. 82-99.

尺度。

在澳大利亚学者 Geremie Barme 看来，“伤痕文学”和“反思文学”是不同于“文革”意识形态的一种全新“潮头文学”。它的出现是“偶然的必然”。这一类作品是随着社会政治的变革和社会对“真理标准”的讨论深入而发生转向的。它们同政府意欲改革的方向一致，与社会大众痛恨“文革”的精神和心理状态同拍，所以受到了政府和广大读者的认可。他认为，正是由于党和政府对“潮头文学”较少的干预与相应的鼓励，才使得这股新的、有别于先前一段时期内提倡文学要为阶级斗争服务的文学创作成为可能。人们也可以借此表达多种多样的情感。①

由此可以看出，“潮头文学”之所以能够得到党和政府的认同及相应的鼓励，是因为它和当时社会政治环境所需要的文学叙述是一致的。“文革”结束后社会政治局面最需要的从根本上来说其实不是“控诉”或“反思”，而是“安定团结”。前者只是一种手段、一个过程，而后者才是党和政府迫切需要的稳定局面。

建设“安定团结”的政治局面并不是“文革”结束后才提出的。刘贵军在其整理的党史资料当中指出，早在 1974 年，毛泽东主席在发现并力图纠正“四人帮”的问题时就提出了进行

① Geremie Barme, Chaotou Wenxue - China's New Literature, *The Australian Journal of Chinese Affairs*, No. 2 (Jul., 1979), pp. 137-148.

整顿的三项指示："还是安定团结为好"，"学习理论"，"把国民经济搞上去"。虽然毛泽东主席并没有明确指明"安定团结"要达到的政治目标是什么，但"要团结，要稳定"的政治意向是十分明确的。1975年，邓小平复出主持工作以后，对各条战线进行整顿的主要依据就是毛泽东主席的三项指示。而且着重强调"安定团结"和"经济建设"之间的关系。对过于强调理论学习而忽视"安定团结"和"经济建设"的倾向进行了纠正。虽然毛泽东主席和邓小平对"三项指示"及各项指示之间关系的理解不尽相同，但在"文革"后期，在社会需要一个"安定团结"的政治局面这一点上是完全一致的。①

1978年以后，邓小平坚持"安定团结"的重要性，在进行拨乱反正，彻底与"文革"划清界限，将经济建设作为首要任务来抓的同时，强调"国内现在最大的政治是团结一致向前看"。②没有安定团结，就不会有经济建设所需的稳定政治局面，经济建设就是一句空话。控诉、暴露、反思，对于从"文革"的噩梦中彻底走出来，与极"左"路线彻底地划清界限是完全必要的，但它们的目的不是为了暴露而暴露，使社会继续沉浸在痛苦与悲愤之中。当时政府最需要的是一个全新的、与"文革"及新中国成立后历次社会政治动荡期间完全不同的社会环

① 刘贵军：《影响1975年整顿的首要政治因素——论邓小平与毛泽东的三项指示》，《北京党史》2015年第5期。

② 闫建奇：《邓小平四个坚持的提出和党的理论工作务虚会》，《当代中国式研究》1999年第4期。

境，而这样的环境就是“安定团结”。“伤痕小说”或“反思小说”之所以能够在短短的时间内从萌芽走向鼎盛，纵然是因为它们暴露了“文革”中的诸多问题，将其造成的“伤疤”重新揭开，同时还因为它们从根本上适应了当时所需的社会政治环境，即直接或间接地从各个层面通过控诉和反思表达了社会需要实现“安定团结”的强烈意愿。

“伤痕小说”与“安定团结”

美国心理学家朱迪思·赫尔曼通过对从战争中退役的士兵和政治恐怖中的受害者的研究中发现，心理创伤的治疗和修复需要三个基本条件：安全的心理感受、亲密的人际关系和可依靠的物质条件。这三个基本的条件中，最重要的就是首先为受害者建立安全感。① 过去的研究表明，伤痕文学对当时社会需求最大的贡献之一就是为大众建立了心理安全感。正如一些学者指出的那样，“创伤是文学常见的主体，是人在遭遇现实困厄和精神折磨后的一种告白和自救”②。医治“文革”的重创，就是从“暴露”“控诉”和“批判”开始的。伤痕小说正是以“控诉”、“暴露”“文革”的罪恶，反省“文革”在十年间给我们的国家和民族所造成的无法挽回的经济损失和巨大政治灾难这一姿态

① ［美］朱迪思·赫尔曼：《创伤与复原》，机械工业出版社，2015，前言，145 页。
② 张婧磊：《新时期伤痕文学的创伤叙事形态探析》，《南京师范大学文学院学报》，2017 年第 1 期，56—61 页。

登上文坛的。刘心武的《班主任》和卢新华的《伤痕》犹如一只进军的号角，引领了遍及全国的控诉和宣泄的洪流。“控诉”和彻底否定“文革”不再是政治上的“灭顶之灾”，而是昂扬的全民大合唱。伴着令人热心沸腾的曲调，听着令人振奋的歌词，人们可以无所畏惧地高歌，尽情地宣泄被压抑了太久太久的悲愤之情。在全民的陪伴下，否定“文革”不再予以任何人恐惧。“控诉”和“宣泄”伴随着泪水，甚至伴随着鲜血，但人们在控诉、宣泄过后感受到的不再是痛，而是治愈和救赎。通过“控诉”和“宣泄”的方式，人们的郁闷得到了“疏导”，“愤怒”得到了发泄。揭开伤痕实际上是伤痕文学的文本策略和治愈机制。[①]这样的文本策略和治愈机制在许多伤痕小说中都得到了集中体现。

伤痕小说的治愈机制之一就是讲述人们在逆境中对理想的坚持和对生命的尊重。它们在对政治暴力进行控诉的同时，不遗余力地传递着一种精神自由和灵魂永存的信念。

在戴厚英的《诗人之死》中，政治暴力对人格和人性的践踏以一种血淋淋的方式展示在读者的面前。为了政治上位，卢文弟的丈夫可以出卖妻子，将感情作为苟且生存的筹码；柳如梅一次又一次地被剥夺了人权，不惜以血抗争；吴畏的父亲背着荒谬的罪名，“冤”无处申，“苦”无处诉，最终只能以死抗

① 程革、李明彦：《真实极其效应：圣痕文学的文本策略和治愈机制——〈班主任〉〈伤痕〉为例》，《文艺争鸣》2011年第11期，88—90页。

争。这些人如果拒绝出卖自己的灵魂，便会在精神和人格方面受到非人性的折磨和侮辱。他们不仅在肉体上遭受伤害，在精神上也同样遭受着严重的摧残。他们希望可以作为一个人有尊严地生活和工作，可这样的基本的要求都被一一地剥夺了。这是何等的罪恶。不过，作者在揭示如此伤痕的同时没有忘记在黑暗中为读者留下一线光亮，那就是对生活中美好的执着之情。向南收到余子期的信以后，愿意抓住爱情，勇敢地追求幸福，这在当时的情况下是何等的可贵。余子期在残酷的环境中仍用诗记录着生活。“诗里记录的生活是严酷的，也是壮丽的。那里有斗争，有牺牲，也有胜利的喜悦，美好的憧憬，还有诚挚的友谊和爱情。”①诗人如此面对当时的政治荒谬和残酷，对受伤的社会无疑是一种激励，激励人们向往生活、尊重生命。它可以使人们的精神受到鼓舞，看到生活中的希冀。作为党员和诗人，余子期不愿苟且偷生，更不愿让爱人向南和他的孩子们背负着“黑关系”的骂名，他选择了一个决绝的方式。他的死令读者唏嘘、痛楚。但读者同时也可以看出，这何尝不是一种震聋发聩的呐喊。面对“文革”的淫威，他没有软弱，没有妥协，也没有屈服。余子期死了，但他的灵魂自由了，他的精神永存了。动乱中众多人没有失去的可贵人性，对未来的信念，于读者来说是一种希冀，也是一个重大的心理安慰。尊重生命的可贵，追求生活的美好，从过去的噩梦中走出来是令人们在新的

① 戴厚英：《诗人之死》，福建人民出版社，1981，327页。

社会形势下向前看的动力与机制。

伤痕文学在暴露“文革”对社会、对人们所造成的巨大肉体和精神创伤的时候，最通用的写作手法是将“罪恶”和“正义”对立起来。通过对“罪恶”的讨伐，通过对“正义”的张扬，令人们相信，“正义”最终是会战胜“邪恶”的。噩梦初醒，人们仍在惊颤与茫然中徘徊，是伤痕文学让他们在“文革”中所遭受的屈辱和苦难得到了正视；他们不敢言明的愤怒通过伤痕文学迅猛地迸发出来；他们对未来的茫然通过许多作品的光明结尾变得春意盎然，信心满满。

在古华的小说《芙蓉镇》中，一个民风淳朴、百姓安居乐业的偏远小镇，在“文革”的腥风血雨中也难逃浩劫。勤劳致富的胡玉音被划为“新富婆”，由此遭受了倾家荡产的厄运。遭干哥背叛，受丧夫之痛，忍当众羞辱似乎还不够，连作为人的最基本的权利也被轻易地剥夺了。一时间，人心不再向善，人们美好淳朴的品质被封存，讲人情、崇人性被视为粪土。① 在人性的“善”与“美”被残酷打压的境况下，古华同时将世态的荒谬也真实地表现在读者的面前。心胸狭隘的李国香，借“文革”之风，在小镇翻云覆雨，将自己的私愤极其残忍地倾泻在胡玉音身上；好吃懒做、流氓成性的文盲王秋赦，仅凭出身，便成为运动依靠的对象，甚至自己都不清楚怎么就在运动中平

① 李征梦：《一幅真切的乡村风云花卷浅析——古华《芙蓉镇》的真善美》，《文教资料》2014 年第 12 期。

步青云，还成为镇支书。古华在作品中令各色人物轮番登场，倾情表演，将“好人”的血与泪滴滴洒落在读者的眼前，将“恶人”的扭曲本质用最直白的方式浸入读者的脑海。古华对“文革”的“暴露”，实为读者最直接的话语，他的“控诉”则是读者最直接的心声。

然而，古华并没有让故事结束在噩梦之中。他秉承海明威的“一个人可以被毁灭，但绝不能被打败”的精神[①]，让主人公胡玉音在“右派分子”秦书田发自肺腑的“像牲口一样活着”的呐喊中，坚强地生存下来。黑暗中，秦书田没有倒下，他与扫把共舞，与时事游戏，与爱人相扶持，是因为他懂得生命的真谛：人的肉体可以被摧残，但只要信念在，人的精神是不能被摧毁的。社会终究是要向前走的，“文革”不可能成为人们的“永远”。人们在这场运动中受到的伤害是可以医治，是能够愈合的。在小说的结尾，王秋赦疯了，李国香“放下”妒忌，“放下”狭隘与残忍去省城结婚了，秦书田与家人团聚了，胡玉音又可以勤劳致富了，小镇又回到了往日的平静。美好的结局，让读者同主人公们一道，从过去的伤痛中恢复过来，好人最终有好报总是件令人愉快的事情。读者因为主人公们的美好结局而感到了新生活带给他们的愉悦，在恶人有报的同时得到新生活赋予他们的满足。“文革”过后，如果没有如

① Earnest Hemingway, *The Old Man and the Sea*, 1952, Charles Scribner's Sons, 4. 93.

此“愉悦”和“满足”的社会心态，就不会有社会所要求的“安定团结”。

伤痕文学与社会信念

“文革”最严重的后遗症便是为社会留下了一个危机四伏的时代。①噩梦过后，伤痛之中，人们对过去一直宣扬和坚持的社会主义信念和道路产生了前所未有的怀疑，对党和国家的未来和前途也相应地产生了信任危机。②如果说“解放思想，实事求是，团结一致向前看”是“文革”后拨乱反正，实现四化的首要任务的话③，重新树立社会对党和政府的信任，便成为当务之急。没有信任，就不会有团结一致，更不会团结一致向前看。“文革”创伤的深重，长期思想禁锢所产生的痼疾，使彻底否定“文革”极“左”思潮的任务就当时所面对的社会现实来讲任重而道远。社会的各种机制和各个领域都被召唤到这一艰巨而重大的使命当中来，文学自然也不能例外。对于文学创作来说，这样的创作需求其实并不令人意外。从历史记忆形成的层面来说，政治形势需求的变动往往会造成文艺路线的调整。伤痕文学的出现从某种意义上来说就是“文革”文艺路线被置换和调

① 王琼：《作为文艺思潮的“伤痕文学”》，华东师范大学博士学位论文，2009，2页。

② 邹谠：《中国革命再阐释》，牛津大学出版社，2002，45页。

③ 邓小平：《解放思想，实事求是，团结一致向前看》，邓小平同志在1978年12月13日的中共中央工作会议闭幕会上的讲话。

整的一个社会结果。[1]这一点可以从伤痕文学的许多作品中表现出来。作家们用自己的笔和热忱，直接或间接地从多方面顺应了党和政府的这一政治需求。[2]

在长篇小说《人啊，人》中，党委书记奚流，心胸狭隘，思想僵化，以党的名义左右着知识分子何荆夫、孙悦等人的政治命运和生活运程。在作者笔下，他是党的路线、方针的体现者及执行者。然而，在作品的诸多情节设计中，奚流其实是一个“假”马克思主义者。除了能够断章取义，片面引用和理解马列经典之外，对其中的精髓缺乏最基本的理解。在与自己的儿子奚望讨论何荆夫关于马克思主义的人道观时，奚流既不知晓什么是人道主义的概念，更不理解马克思主义有关“人道主义”精神的论述，而是简单地将之归结为“乱七八糟”的“资产阶级的破烂”；将“解放个性”扣上了复辟资本主义的帽子，宣称“社会主义”就不存在解放个性的问题。作者以如此的笔法，实际上是将奚流放在了马克思主义的对立面，将之表述为一个对马列主义一无所知，却时时刻刻打着马列主义的旗号行事，满口仁义道德，道貌岸然的“伪君子”。通过如此的写作方式，作者实际上将“文革”中个别人或集团的恶行同真正的社

① Ye Wang, “The Adjustment of the Party's Literature and Art Policy and the Generation of the Wounded Literature”, *Journal of Wuhan University of Technology Social Science Edition*, 22, (2009): 142-146.

② 高城英:《从冬季走向春天的文学——论新时期伤痕文学》,《零陵师专学报（社会科学版）》1995 年第 2—3 期，92 页。

会主义理念清晰地区分开来。“文革”的错误及罪恶正是由于偏离了党和国家的正确路线所造成的。“文革”的厄运，不是我们党和政府的初衷，而是个别人的错误或失误所造成的。

在控诉“假马克思主义者”道貌岸然的同时，一些作品对那些坚持真理，固守人生信念，不惜用生命的代价与政治恶势力进行抗争的英勇斗士进行了讴歌。这些斗士用自己的血和泪表明，无论政治如何动乱，时局如何动荡，都无法从根本上改变他们的爱国之心。他们对真理的坚持、对未来的信念是任何淫威都无法动摇的。这才是人们从这场政治动乱中应该真正体会到、反省出的真谛。只有坚持这一点，才不会由此放弃自己的信念，同党和政府一道在坚持社会主义的道路上继续走下去。

在从维熙的《大墙下的红玉兰》中，一夜之间被打成“走资派”“还乡团”和“现行反革命”的抗日老党员葛翎，在“文革”靠打砸抢起家的省公安局秦副局长的指使下，在农场政委章龙喜和真正的“还乡团”马玉麟及劳改营中的流氓势力的恶意勾结下，肉体和精神两方面都经受了非人的折磨。但在“天狗吞日”和“鬼魅横行”的时代，葛翎非但没有屈服，而是在坚定信念的支持下，表现出了与当时的各种恶势力的斗争意识。小说的结尾处，作者对葛翎设法摘取监狱大墙下的红玉兰描写得十分动情与细致入微。面临生命危险，他将自己的生命置之度外，将安全留给了高欣，义无反顾地为敬爱的周总理献上一颗共产党人炽热的心，同时也为所有在十年浩劫中悲愤而死的人们献上一首挽歌。葛翎身上闪现的是人性、理想和信念的光辉。他用自己的生命昭示着一个亘古不变的真理：美好的人性与信念是任何恶势力都无法毁灭的。

在坚持理想和信念的路途上作者并没有让葛翎孤军奋战，而是将他置于一个坚持斗争的“群体”之中。在混沌、恶浊的政治环境下，拒绝向各种恶势力低头的不止葛翎一人，众多的普通人也以各自的方式加入了他的行列。小说中，高欣对葛翎的保护，路威对正义的坚持，农场支部委员们对是否应该禁闭马玉麟、俞大龙问题上的正确决定，周莉对高欣的不离不弃都与那个时代的各种恶势力极其体现出的阴暗与残酷形成了鲜明的对比。作者在控诉“文革”的同时，表达了在腥风血雨之中，拥有自主意识，坚持理念，勇于抗争的英雄不止葛翎一位，而是千千万万。他们不只是受害者，更是斗士。正是由于他们的存在，才会有“正义”和“邪恶”的角逐。他们在对真理和正义的不懈追求中令亿万人感动和觉醒，冲出枷锁，感受新时代的温暖及对人性和理念的信心。

特别值得一提的是，相当一部分作者有意或无意地将当时极“左”思潮的泛滥当做事件发生的大背景，而没有将作品主人公的遭遇与之直接挂钩。也就是说，当时的政治气候只为悲剧的形成提供了各种可能，但对于作品当中的许多人来说，他们的悲惨境遇，往往是由于个人之间的“恩恩怨怨”造成的，而并非“阶级斗争”的结果。《芙蓉镇》中，李国香对胡玉音的打压，根本的原因并不是意识形态上的分歧，而是妒忌使然。男人们“围着”胡玉音“转”却对她“毫无兴趣”的情景令她无法忍受，令她发狂。在当时的政治环境下，胡玉音的“勤劳致富”为她的“泄私愤”、打击异己提供了最致命的武器。作品中没有为两位女性之间在意识形态方面的较量花费任何笔墨，却用了相当的篇幅去讲述李国香是如何简单地利用阶级分析的方法欲置胡玉音于死地的。而在《大墙下的红玉兰》中，葛翎的境遇是由极“左”路线的代表——省公安局秦副局长一手造成的。但作品并没有将葛翎放在与秦的直接交锋之中，而是将犯人班长马玉麟放在了他的直接对立面。葛翎在劳改处的种种不幸直至丧失性命，都是马玉麟一手策划和执行的。而在葛翎与马玉麟的角斗中，表现为阶级斗争的意识形态之分并不是主线，个人恩怨才是根本缘由。马玉麟无法忘记在土改中葛翎对其父亲的镇压，他几欲置葛翎于死地，终不得手。而葛翎在“文革”中“落马”为他的复仇提供了一个千载难逢的机会。如此叙述方式，虽没有否认“文革”中极“左”路线这一主线，但多多少少会令读者将注意力放在作品人物之间的关系上，从而暂时忽略这些关系背后的大背景。

伤痕文学对“文革”的“暴露”和“控诉”，将经历了“文革”那一代人心中的悲愤情仇毫无阻碍地发泄出来，为他们抚平心灵和肉体两方面的创伤、平复心态、忘却过去提供了心理上的可能。而众多作品将“文革”当中的悲剧同个人的行为联系在一起，将“文革”中的一系列路线错误归结为个人的失误和对“马克思主义”的片面理解，将“文革”中的“倒行逆施”同党和政府的“初衷”明确地分离开来。这一切，实际上都直接或间接地支持和维护了党和政府的一贯正确，对人们在“拨乱反正”的过程中，坚定对党和国家的信念，实现“安定团结”的政治局面无疑是有积极作用的。这些对“文革”后恢复和实现“安定团结”的政治局面都是至关重要的。这是伤痕文学能够在“文革”结束之际在广大读者之间引起巨大兴趣和反响，能够得到党和政府认同和鼓励的最根本原因。如果说它的出现是一个“偶然的必然”，这个必然便是它同当时社会对“安定团结”的政治需求紧紧地联系在了一起，他的命运也必然地和“安定团结”的政治环境联系在了一起。如果它能够继续为营造“安定团结”的社会环境出一份力的话，它就有继续生存、发展的余地和空间。如果不然，适时地退出社会舞台便成为一种必然。伤痕文学的创作热潮在针对白桦的《苦恋》的讨论声中悄然落幕便是一个很好的印证。作品对社会体制和弊病的质问方式对当时的社会环境和需求来说显然是不合时宜的。

从文学创作的角度来讲，伤痕文学还有诸多其他的局限性，如作家过于倾向抒发自己压抑已久的情感而忽略了对人物和故事情节的刻画；[①] 在否定“文革”的同时，缺少对自我的反省及对造成这场灾难的原因的理性分析。[②] 这些都从一定程度上降低了作品的可读性和可持续性。不过，这些并不是本文讨论的重点。

---

① 邓利：《再论伤痕文学的历史价值和现实意义》，《当代文坛》2008 年 5 月第 17 期，71-73 页。

② 聂茂：《弱者文化的传播途径：生命幻视与精神自疗——伤痕文学的征兆阅读》，《文史博览》2005 年 6 月，24 页。

第二讲

改革小说中的农民形象

"改革文学"其实是一个被广泛使用，松散且缺乏明确科学界定的概念。许多文学评论家、学者都是在介绍中国改革开放初期以蒋子龙的《乔厂长上任记》为代表的一些作品时，自然而然地将其定义为"改革文学"。[①] 从作家创作的角度来说，是中国自上而下的经济体制改革，将作家们的目光吸引到现实生活中来。他们在关注社会改革进程的同时，用手中的笔表达着自己对中国这一前所未有的、勇敢而伟大的社会工程的理解与激情。他们的作品都围绕着一个中心，那就是"改革"。而众多学者在对此类作品进行学术探讨时，也大都程度不同地涉及作品是如何反映改革风云，描绘改革开放年代从体制变革到普通人生活与情感、思想与心理变化的历程。[②] 由此，将以改革为题材的作品统称为"改革文学"是有一定道理的。这也是本文借用"改革文学"这一概念的主要原因。众所周知，"文学"是一个内涵和外延都极其广泛的概念，包括许多文学形式。我们在

---

① 《中国当代文学史教程》(第二版)，232 页。《中国当代文学史》(第二版)，131 页。

② 丁念保:《重估与寻找：当代文学批评与实践》，中国社会科学出版社，2014。苏奎:《改革文学的问题意识与当下意义》，《兰州学刊》2017 年第 12 期，86—94 页。

这里涉及的只是小说。如下提到的所谓“改革文学”实际上是在谈以改革为题材的小说。

“改革文学”出现在我国由传统的社会主义模式向现代化社会形态转型的新时期。① 就当时人们所面对的政治、经济现实而言，如此的“转型”是一场前所未有的社会实践。尽管有国家方针政策的支持，由于一无成熟的理论体系可依，二无实践过的经验模式可循，“摸着石头过河”“不管白猫和黑猫，抓住老鼠就是好猫”便成为国家鼓励集体和个人在改革开放过程的初期所应持有的态度和方法。② 在总结深圳改革成功经验时，邓小平指出：“没有一点闯的精神，没有一点‘冒’的精神，没有一股子气呀、劲呀，就走不出一条好路，走不出一条新路，就干不出新的事业。”③ 这里的“闯”即为勇于闯出一条前人没有走过的路；而“冒”绝非盲目冒进，而是带着勇于冒险的大无畏精神向前闯。新时代召唤的不再单纯是“承载着本民族传统的文化理想、思维方式、价值判断，讲好中国故事、弘扬中国传统文化”这样一个重要使命的道德英雄，④ 而是一些勇于摆脱传统“英雄”模式，非墨守成规，思想解放，敢为人先，争先奋

---

① 苏奎：《新时期社会转型与改革观念之建构》，《兰州学刊》2018 年第 8 期，45—54 页。

② 王达阳：《摸着石头过河的来历》，《学习时报》2018 年 4 月 29 日。

③ 邓小平：《在武昌、深圳、珠海、上海等地的谈话要点》，《邓小平文选》（第三卷），2001，370—383 页。

④ 江逐浪：《中国文化传统中的道德英雄原型在当代影视剧中的转化》，《现代传播（中国传媒大学学报）》2016 年第 8 期。

战于“沙场”的“斗士”。正是在时代如此的召唤中，“改革文学”“依仗着强大的社会思潮”担负起了文学创作新的历史使命。① 许多作品中，一系列的人物形象，带着“解放”了价值观及对社会问题与体制的全新理解，大刀阔斧地进行改革，在表达改革步伐艰辛的同时，全面而深入地表述了改革的必要性。②

自 1978 年中国共产党十一届三中全会以来，中国改革开放的实施至今已有四十余年，改革开放对中国社会进程的影响以及在社会各个层面所取得的成效已世人皆知。在如此重大的社会转型工程中，正确的纲领、行之有效的策略是至关重要的，是改革成功与否的决定性因素。但纲领的执行、策略的实施却是依靠社会各阶层的普通民众来实现的。从这个意义上来说，群众是改革的主体。改革如果没能激发群众的主动性和热情，没有群众的参与，就无法从现实中寻求推动改革的动力，更谈不上深化改革了。③ 基于此，《中共中央关于全面深化改革若干重大问题的决定》在总结改革开放的成功经验时，5 000 字的报告中 23 次提到“人民”，明确重申了“人民”在改革进程中的主体地位。强调改革必须坚持“以人为本，尊重人民主体地位，发挥群众首创精神，紧紧依靠人民推动改革”。报告在结束语中强调“及时总结经验，宽容改革失误……，为全面深化改革营

---

① 《中国当代文学史教程》（第二版），230 页。

② 夏康达：《〈乔厂长上任记〉人物漫笔》，《当代作家评论》2009 年第 3 期，89—94 页。

金建人：《〈改革文学〉的改革》，《文艺理论研究》1988 年第 2 期，71—74 页。

③ 竹立家：人民是改革的主体，《学习时报》2012 年 3 月 12 日。

造良好社会环境”①“人民群众过去是，今天是，将来依然是改革开放的主体和动力”②。

进一步深化改革，及时总结经验十分重要。一方面人们需要从理论的高度来审视改革指导方针的深化与健全，为开放改革的远景确定正确的轨迹；另一方面，需从实践的角度总结改革的成果，检验它为社会，为群众带来的福祉。③二者缺一不可。与此同时，一个同样值得重视的问题是，如果承认人民群众是改革开放的主体和动力，全面及时地总结他们在改革开放过程中所经历的林林总总，就是十分重要的。群众是一切政策纲领的实践者，自始至终站在改革开放的最前沿。他们在日常工作生活中所遇到的各种问题和挑战为我们提供了一幅社会变迁和进步的真实图景。真切地体会他们的所思所想，真诚地审视他们所遇到的问题和挑战，会让我们对改革开放过程真正需要解决的问题有一个清醒的认识，从而增强相关经验总结的针对性及效果。脱离群众实践的总结一定是虚幻的、不真实的。

---

① 《中共中央关于全面深化改革若干重大问题的决定》，中央政府门户网站（www. gov. cn），2013 年 11 月 15 日。

② 王怀超：《中国改革开放的基本经验》，《学习时报》2018 年 12 月 5 日。

③ 魏加宁、王莹莹、赵伟欣：《1978 年以来我国改革开放的经验总结》，《调查研究报告》［专刊 2016 年 15 期（总 1490 期）］。

陈金龙：《科学总结改革开放历史经验的基本向度》，《中共党史研究》，2018（07）。

仇小敏：《以改革开放的眼光总结经验认识问题推进改革》，人民出版社（www. ccpph. com. cn），2018 年 11 月 12 日。

毋庸置疑，改革文学是应时代的呼唤而脱颖而出的。[①] 变革的时代向文学创作提出了需求和素材，在作家们的面前展示了各式的激情、想象与渴求。表现什么、如何表现是众多作家面前一个现实而严肃的话题。著名文艺学理论家童庆炳先生曾经说过："我们今天处在什么状况，遇到什么麻烦，遭遇什么问题，围绕这些问题去寻找合理的答案是人文社会工作者的主要任务。"[②] 童先生的论点似乎得到了众多作家的认同。自 1979 年蒋子龙的小说《乔厂长上任记》问世以后，一系列以改革开放为题材的作品相继出现。作家们通过各自笔下栩栩如生的人物，艰难曲折的情节，极尽翔实地记录了改革开放初期的社会场景，披露了改革进程中所遇到的种种困境及试图为国家、社会及个人寻求解决问题的答案。通过作品中的人物形象，我们可以触摸到时代的脉搏，探讨社会的走向，不断为未来寻求一个新的出发点。从这个方面来说，需要重新审视改革文学，进一步分析改革文学中的人物塑造，通过他们的"起步"来理解改革开放对于我们民族和国家的意义；通过他们的"遭遇"来理解改革开放所需要面对的挑战；通过他们的"成就"来激发人们前行的动力。小说中这些形形色色的人物为我们提供了全面真实地理解改革开放初期中国社会图景的活教材，是我们总结改革开放经验时需要考虑的一个极有

① 《中国当代文学史教程》（第二版），230 页。

② 童庆炳：《文学本质观和我们的问题意识》，《社会科学》2016 年第 1 期。

价值的方面。

1978年开始的社会改革进程，没有再次重复“农村包围城市”战略策略，而是从农村和城市两条战线同时展开。虽然城乡面对的具体问题不一，需要采取的改革措施也不尽相同，但需要改革的体制是共同的。在如此社会背景下，改革文学的作家们从各自熟悉的生活出发，分别向读者们展示了农村和城市改革的进程中的纷繁图景，塑造了一系列生动感人、颇具新意的大小人物。为篇幅所限，本文只通过“农村题材”的小说来分析、理解改革文学作品中的人物形象。

改革文学中的普通农民形象

在众多的改革文学中，作家们从不同的角度和侧面反映了改革对农民精神世界的冲击。在他们的笔下，传统和现实激烈地撞击着、交融着。在新旧体制交替的过程中，出现在农村的新的矛盾、农民复杂的精神和心理旅程、变化着的村社体制，都通过栩栩如生的人物形象如实地展现出来，勾画出了改革着的农村的真实状态。在人物形象的选择上，作家们似大都集中在两个群体：普通农民和能人。

新中国成立后的文学，特别是农业题材的文学创作，主人公虽性格各异，但大多集优秀品质于一身，有理想，有抱负，在生产和生活中拥有艰苦奋斗的毅力、英雄主义的气概和向上的乐观主义精神。作家的创作动机倾向于为大众塑造榜样，鼓励人们积极向上。[①]新时期的改革文学表现出了与传统英雄叙事的相关和相离。一方面，从叙事的外部结构上为读者奉献了诸多改革先锋，彰显了改革艰难但必胜的归宿，如《腊月正月》中的王才等；另一方面，从叙事的内部结构上，作品深入发掘了农民在时代变迁过程中所经历的精神纠结与觉醒，如《乡场上》中的冯幺爸，《陈奂生上城》中的陈奂生等。[②]他们不再是人们的标杆，而是与人们一道在改革的大潮中翻滚和摸索，试图寻找一个光明的彼岸。

何世光的《乡场上》为读者塑造了一位“出了名的醉鬼，一个破了产的，顶没价值的庄稼人”。他“活得就像一条狗”，“丢尽了人”。一场偶然的邻里纠纷，将他卷入了矛盾旋涡的中心。面对“眼板深得很”，曾经可以决定他一家老少“回销粮”供给的曹书记及在当地关系网中可以行风使雨的罗二娘，他在道德、人性的天平上走了他人生迄今为止最艰难的一次钢丝绳。作者在塑造冯幺爸这个人物时，没有采用非黑即白的叙事方式，而是将他放在乡场上的权威、势力、良心和公正面前进行着考验，让他一步步踏上自己最终的道德抉择。他从开始的“眨着眼，伸手搔着蓬乱的头发，像平时那样嬉皮笑脸”到“想笑，但没有笑出来”；从“艰难地笑着，真慌张了”到“耳鬓有一股

① 王文胜：《建国后“十七年”文学中感伤的革命英雄叙事》，《南京师范大学学报》2014 年第 2 期，83 页。

② 杨红军：《八十年代初改革小说英雄叙事的外结构与内结构》，《电影文学》2008 年第 11 期，126 页。

细细的汗水，顺着他又方又宽的脸腮淌下来”；最后终于站起来，“眼都红了”，对着曹支书和罗二娘怒吼，激情地为“在乡场上从来都做不起人”的任老大一家公平地做了证，令罗二娘的淫威和叫骂声淹没在众人的哄笑之中。

在这里，作者没有用任何教条作为冯幺爸行为的道德支撑，也没有试图将他塑造成一位勇于与乡场上恶势力打斗的楷模。通过朴素、生动的语言，简洁而又传神的情节，让在进退两难中蹒跚的冯幺爸自己站了起来；自己与那个“顶没价值的庄稼人”告别；自己在乡场上第一次挺直腰板，扬眉吐气地，真正地做了回“人”。冯幺爸的一声“怒吼”，让读者在体会冯幺爸的内心矛盾和变化的同时，也看到了农民精神世界的变化，展现了在农村新的社会体制和新的矛盾的交织中，新时代农民的现状与变革。

高晓声的《陈奂生上城》则为读者们呈现了一位不同于冯幺爸的农民形象。陈奂生虽曾被村民们奚落为“漏斗户”，常年落不下积蓄，一直过着贫穷的生活。这样的形象并非“异类”。那一代的农民群体，大多数人都经历过或正在经历着同样的生活轨迹。“他的经历和村上大多数人一样，既不特别，又是别人一目了然的”。但陈奂生与“憨厚”、“老实”的冯幺爸不一样。改革开放伊始，他的生活便变得笃实起来了，除了种地，还“乘着空当儿”灵活地“出门活动”，将自产的农副产品买到自由市场上去。他既精明，又精细，自产的“油绳儿”比店里的都新鲜、好吃，根本不愁销路。对自己的生活，陈奂生“满意透了”。可陈奂生还是能明显地感到自己有“短处”，“总觉得比别人矮一头”。他羡慕别人“怎么会碰到那么多新鲜事儿，怎么会想得出那么多的主意，怎么会具备那么多离奇的经历，怎么会牢记那么多怪异的故事，又怎么会讲得那么动听”。于是乎，他开始“渴望过精神生活”。希望别人在“说东道西”的时候，自己也能搭上腔儿。无奈，能够炫耀的事情和机会总是离陈奂生很远，别人“东拉西扯”的时候依然将他当做不存在，这种处境真的是令他“惭愧”，真心希望“能碰到一件大家都不曾经过的事情，讲给大家听听就好了，就神气了”。小说的最后，陈奂生的精神世界终于得到了满足，原因是它终于“碰到了一件大家都不曾经过的事情”——坐过吴书记的专车，住过县里最高级的招待所。“从此以后，陈奂生的身份显著提高了，不但村上的人要听他讲，连大队干部对他的态度也友好得多”。“从此，陈奂生一直很神气，做起事来，更比以前有劲得多了”。

何世光的冯幺爸和梁晓声的陈奂生虽然在小说中有着不一样的生活处境和人生经历，但有一点是共同的，那就是，改革开放以后，他们的物质生活变得好了起来。冯幺爸不靠回销粮生活也照样过得下去；没有罗二娘的“照应”，肉也照样有的吃；只要肯“做活路”，任别人是不能将自己怎么样了。陈奂生的生活似乎更胜一筹，“囤里有米，橱里有衣”，外加“赚几个零钱买零碎”，他“身上有了肉，脸上有了笑”，日子过得无忧无虑的。不过，作家的笔触并没有停留在改革为农民所带来的物质生活的改变，而是从精神的层面上探讨了改革对于农民的

冲击。作者通过冯幺爸和陈奂生这两个人物，希望人们从“世俗的重负中解脱出来”，彻底摆脱“数千年的封建愚昧所造就的”种种可悲的社会心理。[①]以冯幺爸、陈奂生为代表的人们急需在物质生活日新月异的同时实现精神世界的蜕变。陈奂生们在“满意透了”的生活里仍掩饰不住自私狭隘、卑躬屈膝的特性。交付房费之前，他的小心翼翼，自卑自贱，及交了房费之后极具破坏性的行为举止，充分暴露了一种狭隘的“精神胜利法则”。[②]而只因得到领导的关怀便有了炫耀的资本，乡亲们也因此羡慕他，身份地位也由此提高，真实地反映了“陈奂生”们所固有的、腐朽的等级观念。[③]在梁晓声的表述中，如果广大的农民群体在变革着的时代大潮中仍不能最终脱离历史与传统赋予他们的种种精神重负，他们无论如何是无法真正“神气”起来的，“陡增”的精气神也只能是暂时的。

自然，实现彻底的“精神蜕变”并非一件易事，需要一个漫长而艰难的过程。期间会有纠结、挣扎甚至伤痛。何士光笔下的冯幺爸的一声怒吼是在经历了与内心一系列的矛盾的争斗之后才发出的。作家从他羞写到怕，由怕到纠结，由纠结到与自身矛盾的争夺，最后才达到了义无反顾。这一艰难而痛苦的

---

① 李建文：《冠冕堂皇为哪般——〈陈奂生上城〉质疑》，《中国语文教学》2007年第2期，65页。

② 许孟陶：《透视“劣根性”——〈阿Q正传〉和〈陈奂生上城〉之比较》，《吕梁学院学报》2007年第2期，23—24页。

③ 焉予晨：《陈奂生的人物形象塑造与新时期“国民性”话语的建构》，《文化学刊》2018年第1期，55—59页。

过程实际上反映了改革过程中农民精神世界所受到的冲击及变革着的社会体制给他们带来的复杂的矛盾心态。冯幺爸的行为举止真实地体现了一代农民内心的矛盾与变化。他们向往新的生活，希望在新的生活当中让自己得以提升和改变。若要真正地实现这一愿望，他们需要割舍，斩断许多历史与传统所赋予他们的重负，不断地反省自己、提高自己，真正地在精神的层面上让自己“富裕”起来。只有这样，冯幺爸的正直，善良，勇敢才能够在乡场上持久；陈奂生所追求的“神气”才会变得真实而有意义。换句话说，改革的进程是必然的，但路途是艰难而遥远的。

改革中的“能人”形象

当何士光、梁晓声等人将笔触深入到改革大潮中普通农民这一群体的时候，有些作家却将改革当中的“能人”或“先锋”当作创作的中心。在他们的笔下，这些新时代的“弄潮儿”似乎没有背负历史或传统所赋予他们的重负。他们身上虽无时无刻不显现出何幺爸或陈奂生这些农民身上共有的品性，但他们的聪明和才智、正直和勇敢，让他们无不呈现出“英雄的色彩”。“闯”也好，“冒”也罢，他们无一不是新时代的开拓者。他们在新旧体制的交锋中似乎没有过精神上的纠结，不需要先说服自己或打倒旧的自己才能够接受社会改革的现实。改革对于他们来说，就好像是在他们体内早已埋下的种子，一遇到阳光雨露，自然而然就生根发芽了。如果说到难处或者挫折，他们面对的大多是保守派和改革派在思想层面上的交锋，而故事表面所显现的种种日常纠葛不过是为叙事的内部结构做些注脚罢了。

在贾平凹的《腊月正月》中，改革先锋农民王才并不是小说的第一主角，作家给予的笔墨也不是很多。从某种意义上来说，他只是为了塑造主人公韩玄子而设立的一个“配角”。可就是这样一个“配角”，在贾平凹的笔下却实实在在地在改革初期成为一个“名利双收”的人物。

王才在小说中并不是自己出场的。作家通过韩玄子老伴儿的口将一个“不见和公社的人熟”但却“能下得份苦”的他引到读者的眼前。读者对王才的第一印象是个靠“勤劳”达到“吃哩喝哩”的。但能吃苦似并不是王才的唯一品质。他“五短身材”，“油腻得人不人，鬼不鬼”，“很是让镇上人耻笑了许久”，唯有眼睛却“聚光而黑明”，令读者感觉到了他的“一肚子精明”。只要有“风声”，有想法，他便勇于做村里第一个吃螃蟹的人。他一听到河南那里可以“转让”土地了，便自作主张将自家承包的土地交给了光头狗剩；一听到城里人大鱼大肉吃惯了，便做起了倒卖商芝的行当。生意虽出师不利，输得血本无归，“可怜得坐在城墙根呜呜地哭”。但他“人勤眼活”，在城里一家街道食品加工厂做起了临时工，韬光养晦了两个月便回到村里筹措起自己的食品加工厂了，一路虽遇到这样那样的磕磕坎坎，却也最终有惊无险地让自己“折腾”得在镇上“有脸有面”了。

在作家的笔下，王才的“磕磕坎坎”主要来自作品中的主人公——韩玄子。

韩玄子，全镇唯一居前有竹的人。心藏一本《商州方志》，地方野史正史“没有不洞明的”。以雅士自居，以“桃李满天下”为荣，以“最体面”的家传为耀，拥有“颇为自得”的“贵族”精神，一直认为尊卑贫贱早有定数，不可能也是不应该改变的。①他不反对改革，并且还为改革欢呼过。但“是龙的要上天”，为虫的没必要跟着凑热闹，这才叫“社会”。他最不愿看到的是曾经在他脚下的“虫们”超越自己在镇上“龙”的位置。可王才这个在他眼里“不如人的人，土地承包以后，竟然爆发了!”而且“影响越来越大，几乎成了这个镇上的头号新闻人物？人人都在提说他，又几乎时时在威胁着，抗争着他韩家的影响，他就心里愤愤不平”。于是乎，王才们的日益见长的“名声”变成了他的日常心病；阻碍王才们扩大“名声”也自然成了他日常生活中的一项主要内容。

作者对王才的偏爱是明显的。在韩玄子和王才的较量过程中，虽然王才始终处于下风，但作品通过朴实的乡土气息极浓的笔触，不露痕迹地将全镇的各种“能量”层次分明、一步一步地聚集在王才的左右，彰显了改革势在必行、改革深入人心

① 金志华：《改革文学的一篇代表作——〈腊月正月〉评析》，Academic Journal Electronic Publishing House，46-47页。

和改革必胜的信息。

首先，在作者的笔下，王才的致富道路是有政策支持的。转让土地，买公房扩大生产，依靠的不是“根基”，因为他“县上没有靠山，公社没有熟人，凭的只是自己的一颗脑袋和自己的一双手”。每当被韩玄子的种种“提示”和“指责”吓得“心慌”时，他便“开始留神起报纸上的文章，每一篇报道翻来覆去地读。他心里踏实了”。韩玄子虽然在社会上有面子，没什么人会给他“冷脸”，且颇有办事的能力，乡里乡亲之间某些事情的成败，他是能够起决定作用的。王才倒卖商芝，韩玄子通过关系断了他至关重要的塑料包装袋，害得王才一败涂地；也是韩玄子的一句话，巩德胜便免去了“气管炎”的赔款。可韩玄子再神通，在政策面前他是无能为力的。当他试图通过镇上的王书记阻止王才转租土地时，王书记的一句“现在上边政策没有这方面的限制呀”便将他的企图打入冷宫，只能“张口说不出话来”，低着头喝闷酒了。

除了政策上的支持，全镇的各色人物也都由于各自的原因先后站到了王才的一边。值得一提的是，作者将王才最可靠、最得力的支持者设立在韩玄子的家庭内部——他的儿子二贝。二贝的支持既不在财力，也不在体力，而是王才最为缺少东西——眼光和点子。作品中每当王才在困境面前徘徊时，总是二贝提出的各种点子让他“起死回生”。二贝是教师，虽没有如哥哥一样考上大学，但对改革是有深层理解的。他对王才的支持，既不为财，也不为利，完全是出于对社会发展前景的认识，对王才这些勇于开拓的人们的信赖和敬佩。相比之下，为利驱使的一众乡亲，如二秃子、狗剩和气管炎，带着民族劣根性肌瘤，就如同鲁迅笔下的阿Q一样地活着。[①]他们骑在社会进程的墙头上，察言观色，见风使舵，在韩玄子和王才之间左右飘忽的唯一动力便是一己之利。最后他们一致倒向王才的根本原因是他们可以有更好的经济生活。而依靠韩玄子，既不能赢来所谓的“尊严”和“面子”，更不能得到生活最最需要的基本物质条件，他们是在韩玄子和王才之间的夹缝中生存的一群，利益之外的事情于他们来说是不需要首先考虑的。

作品最终以韩玄子在全镇人面前彻底丢失了他最为看重的“面子”和“尊严”而告一段落。韩玄子的完败，不是因为王才多有心机，成心报复或拆韩玄子的台。是经济规律的运作、政府改革进程的需求营造了故事极具逻辑的结尾。搞“社火”，紧紧依靠韩玄子的所谓“面子”和“威望”已经无法调动村民的热情和积极性；县委马书记之所以“舍韩访王”是因为王才代表了改革发展的方向，是在当时的情形下政府极力大树特树的持有“闯”和“冒”之精神的典范。韩家的“送路”最后是将韩玄子对事态发展的期望都“送”得精光，韩玄子欲哭无泪，仰天长叹，只能以对王才的诅咒来发泄自己满腔的愤懑。韩玄子无法认识和理解的是：他为自己营造的对立面不只是一个王

① 翟永明：《历史变革中的褶皱与暗影——贾平凹〈腊月正月〉中的大众形象分析》，《海南师范大学学报》2015年第6期，31页。

才，而是一个全新的时代。他的“威望”和“地位”所代表的过去，在新的时代面前已经无法成为在镇上立足的根本了。

同样普通的能人还有作家路遥笔下的孙少安——小说《平凡的世界》中一个既平凡又普通的农民形象。他不是作品中唯一的主角，也没有被着意或突出地塑造成一个在大时代的背景下“翻云覆雨”的“弄潮儿”。在作者的平凡世界里，他不过是芸芸众生中的一分子，一个拥有“精明强悍和可怕的吃苦精神”的农民。在作者笔下，他是“正直”“善良”“仁义”“勇敢”和富有“责任心”的，在改革开放初期依靠自己的“闯”和“冒”的劲头，一路摸爬滚打，发家致富的农民。

与贾平凹《腊月正月》中的王才无异，孙少安的致富之路是有政策支持的。正如他自己说的那样，“是世事变了”，如果没有新的“世事”，他生活当中发生的一些变化是无论如何都不敢想象的。但“政策的支持”并不是王才和孙少安所持有的唯一“资本”。贾平凹和路遥在对“政策的支持”的解读上似乎有着“心照不宣”般的默契，那就是新的世事和政府的政策只是作者为故事的发展提供了一个大背景，令作品中各种人物的命运承转启合变得更合理，更具可能性。作者更看重的似乎是“能人们”致富之路同他们个人生活经历的紧密联系。作者注重世事，却没有大书特书新时代的政策、改革中的世事在王才或孙少安个人抉择中所起的作用。作品用相当的篇幅描写了变迁着的时代，为读者呈现了诸多以田福军为代表的支持改革，并在改革进程中身体力行的各级领导。但同样明显的是，通篇没有一处情节表现领导们与这些“能人们”的近距离接触，更没有主动地为他们“提思路”“指方向”“送机会”或解难题。“能人们”的种种烦恼和困境似乎都是靠“自我救赎”或“亲戚”“朋友”的帮助来化解的。作者是通过两条线来分别表现领导们是如何关注、统领改革的伟业及以王才和孙少安为代表的“能人们”是如何在他们生活的现实中为自己寻求出路的。

孙少安的致富之路是从一无所有的起点开始的。而在这个过程中，无论遇到什么样的挫折，支撑他一路走来的是他对家庭、对乡亲无可推卸的责任。这个责任感为他带来了重负，带来了烦恼，带来了挫折也带来了荣耀。可以说，是责任感驱动了他，历练了他，成就了他。

为了减轻父母的负担，为了弟弟妹妹能有一个更好的前程，学习成绩优异的他十三岁的时候就毅然决然地辍学，回家务农了。他不怕苦、不怕累，唯一令他担忧的是无法令父母或兄弟姐妹过上像样的生活。他的第一个试图改变家人生活的设想，不是出于响应时代的召唤，而是自己对家人的责任，是结了婚，有了孩子之后，饥无食、居无所的尴尬境地将他逼上了“闯”和“冒”的路途——在没有上级指示的情况下，带头搞起了生产互助组。用作者的话来说，他们“穷得都濒临绝境，因此没有那么多患得患失；这么严重的离经叛道行为，甚至连后果也考虑得不多”。当生活有了转机，看到周边的人们仍然在为基本的物质生活和生产资料而愁眉不展时，“朴素的乡亲意识”又使“少安内心升腾起某种庄严的责任感来”。他要扩大生产规模，让乡亲们也有上工挣钱的机会，也有为各自家里的耕地买化肥的资金，为他们分忧解难。

少安在致富的路上也痛苦过，失败过，但他没有放弃。对家人、对乡亲的责任令他不得不在事业“深渊”的最底部挣扎着爬起来，不懈地寻找黑暗中的每一点亮光，抓住生活抛给他的每一根救命稻草。在少安的“绝境”中，作者通过安排形形色色人物的表演，为少安营造了种种无法推卸的责任，令他在这些“责任”面前无法止步。在砖窑失败的过程中，他没有胆怯过。他无法面对的不是被困境重压的自己，而是为他担忧的父母，同他一同经历着灭顶之灾的妻子，还有那些等着“救命钱”的众乡亲。他人的嘲讽、谩骂、暗中看热闹等等都无法真正地令他“无颜”，但父母愁云满布的眉头、乡亲们无望的眼神却无时无刻不在深深地刺痛着他。如果他也能像养鱼专业户田海民一样，带着“六亲不认”的“现代经营思路”，自己的日子就会轻松自如得多了。

小说的结尾为孙家老大少安安排了一个完美的结局——出资修复在“学大寨”运动中震毁的学校，而没有在他深爱的父亲充满期待的眼神中加入村民在村中建筑庙宇的行列。这是作者对自己作品的终极思考。对劳动和知识的尊重才应该是农村彻底实现改革的根本。孙家大姐，勤劳、忠诚、孝顺，但她没有读过书，无法摆脱陈旧传统的捆绑，对游手好闲的丈夫的“死守”和不嫌弃会令许多人觉得不可思议；孙家老二少安，集农民的传统美德于一身，敬重劳动是他处处安身立命的根本。

通过支持弟弟妹妹读书，极力将祖祖辈辈务农、世代与贫穷打交道的孙家同知识结合在一起；孙家老三少平，一位用知识将自己武装起来的农民，肩负着对家人的责任，在外面的世界用劳动安身，用知识立命，他那可歌可泣的人生是对生命意义的一种礼赞和考量；孙家老四，一位从农村走出来的大学生，通过研究天体走进了一片更广阔的天地。作家路遥通过孙家四个子女的人生经历，在表述他们四个人在实现各自认同的自我价值的同时，完成了孙家从一心安于劳作向勤劳与智慧相结合的蜕变，为读者展现了劳动和知识在改革开放进程中的意义与价值。

改革中的“普通人”和“能人”

改革文学的作家们通过自己作品当中的人物为读者发出了一个鲜明而又突出的信号：物质生活条件的改变固然重要，但精神世界的变革才是改革的根本。无论是“普通人”或是“能人”，最后能够为他们带来巨大满足的往往不是物质生活方面的提高，而是精神生活的优越。在他们的笔下，真正让冯幺爸直起腰杆的是他在众人面前敢于对曹支书和罗二娘发出怒吼。是那声“怒吼”让他在众乡亲面前真真地“做了一回人”，而真正让陈奂生感到不再“矮人一头”的是他那“别人没有过的经历”。当他向众人夸耀自己如何坐上领导的车，住进了“别人”想都没想过的“高级”招待所时，那种精神上的满足是任何东西都无法替代的；韩玄子“仰天长叹”的不是王才的财富，而是王才有了钱以后可以不失时机地在镇上让自己“有脸有面”，最后彻底地占领了他一直引以为自豪的精神领地；孙少安看到自己的父亲住进了全村最好的窑口，在集上享受着众人的敬重时，感到自己所有的付出都变得有价值、有意义了。所有的苦和累都在瞬时间变得异常甜蜜。但精神世界的改变往往比物质生活的改变要艰难得多，复杂得多。在作家们的笔下，令改革中的“普通人”和“能人们”达到精神上的满足绝不是一件轻而易举的事情。他们生于斯、长于斯的环境，自然而然地会在他们的精神世界打上根深蒂固的烙印。美好的品德会为他们的改革之举插上飞翔的翅膀，而陈旧的传统观念又往往令他们背上沉重的精神重负，在改革的进程中付出额外的艰辛和代价。在诸多的改革文学作品中，各式人物所遭遇的艰难曲折很大程度上都与他们精神世界的构造有直接关系。冯幺爸在作证初始表现出的“无赖”和“狡黠”，陈奂生交了房费之后表现出的破坏欲，王才在韩玄子面前表现出的“忍让”和“世故”以及孙少安在“门第”面前与深爱的润叶擦肩而过，这些无一不表现了农民根深蒂固的精神根基。被陈旧习俗捆绑得越深，改革的路就越是艰难和漫长。改革的精神如何与农村“普通人”和“能人”们的精神世界实现完美的接轨，是摆在人们面前的一个重大话题。1978 年至今，中国改革开放的旅程已经走了四十年，认真地回顾过往，真诚地审视今天，生活在农村这个广阔天地中的人们，他们的精神世界究竟发生了什么样的变化，这是考察改革成果的一个重要方面。

改革进程中人们“精神世界”的“自我救赎”似是众作家关注的另一个叙述话语。用路遥在《平凡的世界》中的一句话，“世事”变了，但并不是每个人的命运都随着时代的变迁发生了改变。作家们在塑造笔下人生发生“蜕变”的“普通人”或“能人们”的时候，并没有将他们置于被“启发”或被“教育”的情景之中，更没有将他们“图变”的经历描写成命运大起大落之后的幡然醒悟。作品中的每个人都是在各自独特的生存环境中自我激发，自我体悟，自我实现的。“普通人”冯幺爸的“怒吼”并不是在众乡亲的鼓动和鞭策下发出的。是他老实背后的良心和正直令他不忍心目睹生活中的“弱者”继续遭受“欺凌”。冯幺爸的“怒吼”之后，散去的众人有多少会在自己的嬉笑之中体味到这一事件的真实意义，在下一次的围观中不再只是一名跟着“起哄”的观众呢？而和陈奂生一起听“传说”的众乡亲，又有多少能和他一样体会着精神世界里缺失的空间？陈奂生的经历是偶然的，甚至有些荒诞，但他对自己精神需求的不满足却实实在在地在他心中埋下了一个寻求满足的种子。有了这样的种子，遇到适合的土壤，阳光和雨露是一定会生根，发芽，结果的。而“能人”王才或孙少安，他们都是从“穷得不能再穷”的起点出发的。作家“有意”将他们“思变”的经历同政府的“财政支持”和“精神鼓励”分开，让他们在改革的大背景下自省、自悟、自强，极力为自己寻找一条“求生”的出路。自然，人们生存的环境不可能是一片“桃花源”，作家们笔下的芸芸众生也不会生活在理想的“乌托邦”。在社会机制还没有充分健全的情况下，人们“思变”“求强”的机会也不可能是均等的。但作家们似乎没有过多地关注或强调客观因素对作品主人公们的诸多限制，而是自然地展现了农民个体是如何在自身面对的现实中实现物质或精神世界“转变”的。这实际上是强调了个人在社会变革进程中的主观动力，亦或是所应担负的个体责任或义务。“世事”在变，“自我救赎”和等待着“被救赎”会为每个人演绎出五彩纷呈的人生。在改革伟业四十余年的进程之后，人们面对的社会究竟是一个什么样的客体？它为社会个体的渐进提供了何种可能性？“普通人”也好，“能人”也罢，他们需要何种物质基础和精神境界才能在现有的平台更上一层楼？在这些问题面前，改革文学的作家们任重而道远。

第三讲

文化寻根与寻根文学

题材转变的意义及其局限

在当代中国的文化实践中，题材的意义并非可有可无，而是关乎大是大非，需要严肃认真对待的，一段时间内甚至出现“题材决定论”的倾向，题材的重要与否直接关系到小说创作的价值高低，这一状况到 80 年代的小说创作中仍有一定的延续。80 年代初，大凡引起广泛争议的，很多都是反映重大社会现实问题的小说，这在伤痕文学、反思文学和改革文学，以及表现知青的作品中都有呈现。但是到 80 年代中期，情况有了明显转变，这一转变非常明显地表现在寻根写作中。郑万隆和郑义是很明显的例子。在写作“异乡异闻”系列之前，郑万隆写作了《当代青年三部曲》（1980、1981、1983）、《同龄人》（1981）、《夜火》等表现知青或青年题材的小说，但 1984 年下半年起，作者陆续推出了像《反光》《老马》《老棒子酒馆》等一系列以“异乡异闻”为总题的小说①，这种转变之快着实让人惊异，很难想象这是出自同一作家之手。同样，郑义也是如此，1979 年郑义曾以批判“文革”的短篇小说《枫》而闻名，但到了 1983 年和 1984 年，他的小说《远村》和《老井》相继出现之后，他

① 1986 年 9 月以小说集《生命的图腾》的形式在中国文联出版公司出版。

的笔触开始转向偏远的农村，开始写些不太关乎现实变革的小说。此外，还有贾平凹，在发表《鸡窝洼的人家》和《腊月·正月》（1984）之类的改革小说之前，他就写了《商周初录》（1983）这样的寻根之作。特别是李杭育，一本《最后一个渔佬儿》更是把我们带到超越时空的葛川江上，而在此之前，他也写了反映“文革”题材的小说，如《沉浮》等，在这前后也写过带有时代印记的长篇《流浪的土地》。

事实上，在80年代中期的小说创作中，被称为寻根写作的作品所占的比重并不很大，甚至可以说很小。而即使是被称为寻根写作的作家，像郑万隆、郑义以及韩少功等，他们的这类小说作品也不是很多。这在王安忆那里尤为明显，除了《小鲍庄》和《大刘庄》等外，王安忆的很多小说并不能归到寻根写作中去，而且王安忆也并非有意要寻什么“根”。更有甚者，即使是像韩少功和郑义等寻根作家，他们在提倡寻根的主张后，所创作的作品仍有很多并不能被称为寻根小说。如果这样的判断成立的话，那么接下来的问题是，为什么这类作品数量并不是很多，虽轰动一时但转瞬即逝的小说创作潮流能不断被人言说，并能在文学史占有醒目的位置呢？这是否与其所带来的题材上的转变，有一定关联？

作为寻根文学重要的批评家兼作家李庆西，在事隔多年以后反思寻根文学时，他这样总结道，“文化”其实是“一个替代物”，“这是一个朦胧无间、指向不明的庞然大物。于是，评论家们在谈论‘寻根文学’作品时，出现了‘楚文化’‘秦文化’……等说法……所有这些都跟‘现代化’和‘改革开放’的政治话语拉开了极大的距离。其实，‘文化’是虚晃一枪，只是为了确立一个价值中立的话语方式。这是一个叙事策略，也是价值选择”。①这种说法虽能成立，但李庆西忽略了一点，那就是寻根文学为什么要“跟‘现代化’和‘改革开放’的政治话语拉开”距离呢？而实际上，“现代化”和“改革开放”是80年代的共识和超级能指，其在80年代具有天然的合法性，对于这样一个具有超级能指的话语，寻根文学仅仅是要拉开距离吗？若此，寻根文学又如何获得自身的合法性？显然，问题并不像李庆西说的这么简单。可以说，表面上，寻根写作是要同“‘现代化’和‘改革开放’的政治话语”保持距离，但其实是在更深的层次上同它达成一致，而要达到这一目的，“文化”显然是最为主要的“叙事策略”。从这个角度说，这是一次“看似反拨的顺应”②。其实，题材的转变只是问题的一方面，就韩少功和阿城而言，他们仍执着于知青题材的写作，而事实上，他们的有些知青题材小说如阿城的“三王”系列和韩少功的《诱惑》等，往往也被作为寻根文学的代表作被举证；这一情况表明，题材的转变并不是问题的根本，根本在别处。

---

① 李庆西：《“寻根文学”再思考》，《上海文化》2009年第5期。

② 参见王又平：《新时期文学转型中的小说创作潮流》，华中师范大学出版社，2001，22页。

从具体现实到模糊时空

讨论寻根作家题材的转变，不仅要看到寻根写作的题材特征，还要注意到寻根作家的创作轨迹。可以说，大部分寻根作家，像韩少功、王安忆、阿城、李杭育、郑万隆、郑义等都是知青作家出身，并且都写过知青题材的小说。而且更为关键的是，有些以知青生活为背景的小说，往往不被看做知青小说，而被视为寻根写作的代表作，最为典型的就是阿城的“三王”，其他如韩少功的《诱惑》《空城》等也是如此。因此，对于这些作家而言，都有一个从写作知青小说到寻根小说的过渡，这是一方面。另一方面，当知青题材的小说被命名为寻根写作时，从这种急于同知青小说撇清关系的姿态中，不难看出文坛对超越知青写作的内在焦虑。

在杨晓帆的最近一篇分析《棋王》发表后如何最终被确认为寻根小说的文章中，作者分析道：“随着寻根意识的渗透，王一生作为城市底层出身的知青身份渐渐模糊，他的社会属性或阶级属性变得无关紧要。当秉承现实主义文学成规的批评家力图从知青在‘文革’中的特殊经历来解释王一生的性格行为，从历史学或政治学角度发现其现实意义时，寻根批评中的王一生更接近于一个没有个性的符号。”①诚然，这里

① 杨晓帆：《知青小说如何“寻根”——〈棋王〉的经典化与寻根文学的剥离式批评》，《南方文坛》2010年第6期。

有一个阅读的不同角度和面向的问题，但似乎并不仅仅如此。因为其实还是没有解决这样一个问题，即，为什么《棋王》（1984）先是被指认为知青小说，而到了1985年前后又被追认或重构为寻根文学的经典作品？因此，对于我们来说，问题不在于《棋王》是知青小说或寻根小说，关键在于这种命名说明了什么？换言之，为什么有些作品被命名为知青小说，而有些以知青为背景的，却被视为寻根小说？这种命名的变化说明了什么？

在今天，研究者大都倾向认为寻根文学是对知青文学的反拨和超越，而不太注意到其间存在的内在关联。似乎寻根作家一个个都是横空出世，甫一出现就震惊世界，实际上并不如此。阿尔都塞曾经指出，“概念”的变化，其实反映的是“问题总领域”的变化，换言之，是新的问题的出现，生产了新的对象，并决定了新的问题的提出方式和解决方式。在他看来，这一新的对象，在此前的问题领域或问题系中，是“看不出来”的，因为这一问题领域早已预先决定了原有对象的存在，在这一问题系中，被看到的只有这一对象。① 因此，对我们来说，关键不在于通过“寻根文学”这一范畴，去指认何为寻根小说，何为知青小说；而是要去探询，到底是哪些因素决定了“根”的发现，以及“根”的呈现方式。这一文学之“根”，如按柄谷行人

① 参见［法］阿尔都塞：《读〈资本论〉》，中央编译出版社，2008，14—16页。

的说法，其实就是“一套认识装置”，其发现的关键在于“内面的颠倒”和内面之人的产生。[1]

在这里，关键是要去探讨“根”是如何被发现的。李庆西曾多次强调：“在对‘寻根’的研究中，不要把‘根’与‘文化’看得太重要，重要的是‘寻’，而不是‘根’。”[2]李庆西突出所谓的“寻”的过程，其实正道出了“寻根文学”这一新的“认识装置”的重要意义。正是有了新的认识装置，文学之“根”才会被“看”或“寻”出来。仍以韩少功的《文学的“根”》为例。在这篇文章中，被作为“文学有根”的例子被推举的有贾平凹的“商州”系列、李杭育的“葛川江”系列以及乌热尔图的描绘鄂温克族生活的小说（实际上即《七叉犄角的公鹿》等小说）。此外，王安忆和陈建功小说的新变，也作为文学超越性的代表被举证。毫无疑问，这种举证实际上就是一种命名，通过举例和指认，借以凸显这些小说与此前小说创作的截然不同，似乎寻根文学就是某一横空出世的新物，让人惊羡不已。但其实就像杨晓帆那篇文章所显示的，小说《棋王》发表后引起的批评和接受上的差异，不在于被接受者——即小说，而在于接受者，也就是说，其实是接受者的“认识装置”决定了他们眼中的《棋王》到底为何物——即，是作为知青小说来

---

① 参见［日］柄谷行人：《日本现代文学的起源》第一、二章，生活·读书·新知三联书店，2006。

② 见李庆西1993年写给宋寅圣的信。另见《“寻根文学”再思考》（2009年），《当代文学60年》，上海大学出版社，2011。

读，还是作为寻根小说来读。同一篇小说，却引起截然不同的读法，足见知青写作和寻根写作并不像想象的那样截然两分。实际上，《棋王》也被选入了贺绍俊、杨瑞平编选的《知青小说选》（1986年3月出版，编选工作应该在《棋王》发表后不久结束）中。

不过让人奇怪的是，在那篇被称为"寻根文学"旗帜的《文学的"根"》中竟没有把《棋王》作为寻根文学的实绩列举，这是否有意的疏忽？显然，韩少功写作这篇文章时，《棋王》已经发表，因为作者在文章的末尾也提到了这篇小说，"在前不久一次座谈会上，我遇到了《棋王》的作者阿城，发现他对中国的民俗、字画、医道诸方面都颇有知识。他谈到了……"显然，这里并不是把它作为寻根文学的代表来举例的，而实际上从这段话中也可以看出韩少功显然已经注意到了《棋王》这部小说，那么是什么因素导致了韩少功没有把它作为寻根文学的实绩来举例呢？韩少功是一个理论意识很强（被称为"小说界的'理论家'"①）并有鲜明自我意识的作家，这从他自80年代以来写的大量的理论文章中可以看出，也从他翻译米兰·昆德拉的《生命中不能承受之重》这一行止得以窥见。看来，这种"遗漏"不能归因于作者的疏忽或大意，而只能从别处去找原因。

---

① 参见程光炜：《文学讲稿："八十年代"作为方法》，北京大学出版社，2009，349页。

而若从与这篇文章几乎同时写作的小说《爸爸爸》《蓝盖子》和《归去来》(都是写于1985年1月)来看，或许能看出某种端倪。《爸爸爸》被称为“寻根文学”的代表作品自不必说，作者自己也并不否认这点①，关键是看另外两部。《蓝盖子》和《归去来》其实可以对照着读。“蓝盖子”既是小说名，也是一个意象，更是一个象征，即象征那噩梦式的“文革”岁月，于是就有了小说中的陈梦桃不断地寻找“蓝盖子”这一奇怪的举动。所不同的是，对于陈梦桃来说，那是个“永远也找不到的盖子”，故而他也就注定了永远走不出“文革”及其阴影；但对于叙述者“我”而言，却不同，虽然“我”有时也分不清“渐入夜色的参差屋顶”“穿过漫长的岁月，(这些屋顶)不知从什么地方驶来”，但仍要“仔细地看着它们，向它们偷偷告别”。这种“告别”的意识在《归去来》中表现尤其明显，因为在这部小说中，知青历史是以梦境或幻觉的形式出现的，而即使是当那个在现实中叫着“黄冶先”的人意识到自己就是曾经的知青“马眼镜”时，他也毫不犹豫地选择了逃离，因为，就像“黄冶先”这一名称所表明的，他其实早已在意识中忘掉了知青岁月那一段历史，并且不愿再记起来，虽然实际上相当困难。这两篇小说都表现出“告别”历史的冲动，虽然不一定能告别得了，这样我们就能理解《爸爸爸》的“横空出世”。在这篇小

① 参见马国川：《我与八十年代》，生活·读书·新知三联书店，2011，209—211页。

说中，看不到任何现实的影子，时空模糊不辨。如若联系作者写于同时的《文学的“根”》一文，可以发现，作者提倡“寻根”的主张其实是从告别现实和近史（即“文革”）的角度立论的。换言之，寻根是以现实和近史作为“他者”来建构自身的主体的。这样，就能理解为什么作者没有把《棋王》作为寻根小说的代表作品来举例了，因为显然，在《棋王》中，知青生活是作为背景出现的，而在贾平凹的“商州”系列、李杭育的“葛川江”系列以及乌热尔图的鄂温克族文化小说中，现实和近史是不多见的，即使出现（如在乌热尔图的《一个猎人的请求》等小说中），也是作为自然自足状态的对立面或被否定的对象。而从王安忆和陈建功当时的小说创作来看，他（她）们也并没有一直纠结于知青题材的小说创作，他们的创作在“立足现实的同时又对现实进行超越”。从这里可以看出，韩少功提出“寻根”显然是针对那些现实主义的写作的，而实际上，像“葛川江”系列、“商州”系列以及乌热尔图的鄂温克文化小说，也是不能被归于现实主义的，即使是《蓝盖子》以及《归去来》也很难归到现实主义而毋宁说带有象征主义色彩，更不要说《爸爸爸》这篇小说了。

明白了这点，我们就能清楚“寻根文学”这一“认识装置”所为何物了。它显然是一种超越现实主义的理论预设，其意图即在于超越现实或告别历史（即近史）。从这个角度来看，这也是为什么后来的研究者或批评者往往把陆文夫、邓友梅、冯骥才等具有浪漫主义风俗的市井文化小说纳入寻根文学的范畴，虽然寻根提倡者们不一定愿意。[1] 而像阿城的《棋王》，小说中明显就有现实细节的影子，甚至还直接写到了知青的生活，及对吃的偏好，韩少功的文章中避而不提就很自然；实际上，现实生活在韩少功的寻根写作中也是被作了象征主义或浪漫主义的处理的。韩少功的寻根写作明显表现出远离现实的倾向，这在他所称赞的那些作家如郑万隆、李杭育、贾平凹等身上也有鲜明的体现，其显然与阿城的世俗写作并不相同，而这也正表明了寻根文学的不同路向。

在这里，郑万隆、李杭育、郑义等作家纷纷远离现实，从事模糊时空的小说创作，同寻根的主张之间，虽可以互相指认，但其实是两回事。对于那些创作而言，可能代表某种共同的倾向和趋势，但在当时的批评家眼中是不被作为寻根小说指认的，而只是在韩少功的《文学的“根”》发表之后，在这一理论视域中，那些作品才被作为寻根的代表提出，因此，可以说，文学寻根是一次从不自觉的过程到自觉的有意识的过程，这是一方面。另一方面，若从郑万隆、郑义和李杭育等人此前的小说创作来看，他们不约而同地表现出的题材转向，显然又潜在地暗含着某种共同的自觉的意向。从这点来看，韩少功率先提出“文学的根”的主张，其实是把他们自觉的创作意图作了理论上的表达，韩少功虽然有意识地表明了文学寻根的这种共同主张，

---

① 参见李庆西1993年写给宋寅圣的信，《当代文学60年》，上海大学出版社，2011，148页。

但其实又在另一方面遮蔽了这种共同倾向，因为他并没有注意到，或者说他根本就是忽略和遮蔽了他们创作题材上的集体转变。

题材转向与不规范文化的提出

事实上，韩少功之所以对《棋王》视而不见，还在于其并不属于他提出的“不规范文化”之列。在韩少功那里，只有“不规范文化”才有值得去“寻”的价值，而“规范文化”其实也就是主流文化，那些文化主要存在于中心地带。虽然这两者都属于“传统文化”，韩少功更倾向于“不规范文化”。在他看来，似乎只有那些边缘地带的“不规范文化”才真正具有活力。“更重要的是，乡土中所凝结的传统文化，更多属于不规范文化。俚语、野史、传说、笑料、民歌、神怪故事、奇风异俗等等，其中大部分鲜见于经典，不入正统。它们有时可被纳入规范……反过来……有些规范文化也可能由于某种原因从经典上消逝，流入乡野，默默潜藏……这一切，像巨大无比暧昧不明炽热翻腾的大地深层，承托着我们规范文化的地壳。在一定的时候，规范的上层文化绝处逢生，总是依靠对民间不规范文化进行吸收，来获得营养和能量，获得更新再生的契机。”① 显然，在韩少功这里，“不规范文化”主要存在于乡村等边缘地带，而

① 韩少功：《文学的“根”》，《作家》1985年第4期。

且这一边缘地带，从韩少功的寻根写作来看的话，更多的时候是那种模糊时空，或是同时代社会纠缠在一起，也往往自成一格而相对自足，这与阿城那种直接表现知青生活或以知青形象作为视角的小说明显不同。后者（即阿城的《棋王》）不被韩少功视作寻根写作的典范，也就可想而知了。

应该说，“不规范文化”的提法，在寻根文学的提倡者那里比较普遍。李杭育的《理一理我们的“根”》中，这一所谓“我们的‘根’”，用作者的话也即在“规范之外”。他同韩少功一样，并不是想从传统规范文化中寻“根”，而是把眼光投向了边缘地带，只不过在李杭育那里，这一边缘更多的是少数民族聚居区，而非汉地。“与汉民族这个规范比较，我国各少数民族能歌善舞，富于浪漫的想象，从经济形态到风俗、心理，整个文化的背景跟大自然高度和谐，那么纯净而又斑斓，直接地、浑然地反映出他们的生存方式和精神信仰，是一种真实的文化，质朴的文化，生气勃勃的文化，比起我们的远离生存和信仰、肉体和灵魂的汉民族文化，那一味奢侈、矫饰、处处长起肿瘤、赘疣，动辄僵化、衰落的过分文化的文化，真不知美丽多少！”①从李杭育的这段描述可以看出，“规范之外”的文化，比起规范文化来，还在于虽“质朴”，但“生气勃勃”，这与韩少功对“不规范文化”的评判基本吻合。郑万隆也有相似的看法，“那个地方（指黑龙江边上一个汉族和鄂伦春人杂居的山村——引

① 李杭育：《理一理我们的“根”》，《作家》1985年第9期。

注）对我来说是温暖的，充满欲望和人情，也充满了生机和憧憬”①。

从这些论述可以看出，对于寻根的倡导者来说，提出“寻根”，其实是基于对现实的主流文化的某种判断，即主流文化作为规范文化，经过了数十年的发展后，已经僵化而没有活力了。这一主流文化某种程度上即现实主义文化传统，用李杭育的话说，就是载道的文学：“两千年来我们的文学观念并没有发生根本的变化，而每一次的文学革命都只是以‘道’反‘道’，到头来仍旧归结于‘道’，一个比较合适宜的‘道’，仍旧是政治的、伦理的，而决非哲学的、美学的。”②这话说得很明显，这一“载道的文学”就是现实主义传统及其在80年代的复兴——伤痕、反思和改革小说思潮。虽然这些思潮都指向“一个比较合适宜的‘道’”，但终究是“道”，距离他们所理解的文学相差甚远了。

可见，寻根作家提出寻根，其潜在的认识论根基还在于对文学的不同理解。因此，寻根文学的“认识论装置”还表现为一套关于“文学”的新的认识。这在李杭育那里尤其明显，即文学是主情的，而不是主智的。“纯粹中国的传统，骨子里是反艺术的。中国的文化形态以儒学为本……无暇顾及本质上是浪

① 郑万隆：《我的根》，郑万隆：《生命的图腾·代后记》，中国文联出版公司，1986，310页。

② 李杭育：《理一理我们的“根”》。

漫的文学艺术”，“重实际而黜玄想的传统，与艺术的境界相去甚远。”① 这是一种排斥理性功用（即李杭育说的“实用”）而诉诸想象和浪漫，追求一种无用之用的文学观。这一文学观，虽通过溯源到古代而得以“理”出一条脉络，“寻”到一条“根”，但其实这种对“起源”的追溯和重构，正是因为有了“文学风景”这一新的认识装置才得以可能的。而这一认识装置的产生，虽然可见出西方现代美学思想如康德关于美的无功利性观念的影响，但终究还是通过“内面的颠倒”和内面之人的产生才成为可能。

重新发现“风景”：在穷乡僻壤中发现“美”

这可以以知青小说中的自然描写为例。韩少功的《西望茅草地》是有代表性的一篇。这篇小说讲的是中学毕业生响应国家建设祖国的号召支农的故事，小说视角的转变很有象征性。这是一些在城市里的中学生，他们没有到过农村，他们对农村的想象，主要来自想象和叙述，距真实的农村很有一段距离，因此，当最初坐上西去的火车，看到沿途的农村景象时，心中充满的只是豪情：

> 当列车穿过白天与黑夜，驶过重重青山，广阔的茅草

① 李杭育：《理一理我们的“根”》。

> 地展现在我们面前。拔地而起的巨石，扑扑惊飞的野鸡，木桥下弯弯的河水，还有耳环闪亮的少数民族妇女，一切都令人兴奋不已。据领队的老杨说，这里汉、壮、瑶多民族杂居，经过历史上多次大规模械斗和迁徙，人口日益减少，留下一片荒凉。可荒凉有什么要紧？一张白纸可以画最美的图画。眼下我们要在这里亲手创建共青团之城，要在这里“把世界倾倒过来，像倾倒一只酒杯”。

显然，这只是一个想象中之自然，与真实的自然并不一致；这又是一个主观心灵中的自然景观，很有“风景”的味道，但一俟他们来到这个在想象中“描绘”过的自然后发现，一切并不是这么回事，于是“风景”不再是“风景”，而还原为自然的本真：

> 我后来才知道，茅草地一点也不诗意，而是没完没了的地雷阵。那些大大小小的顽石，盘根错节的树蔸，就能把钯钉和锄口每天磨溶好几分，震得我们这些少男少女的手心血肉模糊。要命的是，这样的地雷阵一眼望不到头，还不把我们吓晕？

从所引这两段可以看出，所谓“风景”显然是与“内面之人”有关的，换言之，即“风景”是站在一定距离之外通过想象完成的。这是一种典型的审美状态，所谓风景，也即那种**主观合**

目的性的产物，而对于那些身处“风景”中的人而言，审美所应有的距离消失了，“风景”扑面而来，人与自然的关系从原先那种想象性的关系而变为直面的关系，“内面之人”遂在这种直面的自然中，成为“外面之人”，自然变得“一点也不诗意”也就顺理成章了。显然，在这种自然中，人是作为“外面之人”或者说具体时空中的人而存在的，这与“风景”的产生中那种想象中的“内面之人”明显不同。相对于“内面之人”的主观抽象状态，“外面之人”则表现得客观而具体，这是一个个实体性之人，不可磨灭的实存。“内面之人”则是那种可以抽象为非个体的超级主体，他不是一个个实体性的人，而是可以具有某种符号性特征的象征物。

显然，在知青小说中，自然是很难表现得很美的，因为小说中知青很难同自然之间保持一种恒久的审美距离。即使是偶尔表现得很美，那也是小说主人公表现出的超然态度所致。但在寻根写作中，自然则普遍表现出美感来，这是一种常态。“自然”在寻根小说中，并不仅仅是背景式的存在，而往往成为小说的构成性因素，这也是为什么寻根写作中，往往有大段的景物描写，而这在知青写作中是很难想象的。若还以韩少功为例，可以发现，如果说知青写作表现出把“风景”变为“自然”的倾向的话，那么寻根写作某种程度上是把“茅草地”从“自然”重新变为“风景”的过程，所不同的是，此前的“风景”，如《西望茅草地》中所显示的，是他人给予并叙述，最后通过自己的想象完成的，而这时重新发现的“风景”则是知青作家或叙述者本身通过有意识的审慎和超越而建构起来的。因为就像小说《诱惑》中所显示的，瀑布一直都在，其在村民眼中并不一定很美，它的美是在知青“我们”的眺望中生成的，这显然是一种身处其中的对现实情境的超越。因为，同样是身处其中，在《西望茅草地》中的“我们”眼里茅草地的美无疑早已褪色，而在《诱惑》中的“我们”眼里瀑布却表现出美，这显然就在于距离的产生和对现实的超越态度：

> 总是在雨后，这一钩银光就出现于苍翠远景。雨越大，它就越显眼地晶莹灿烂，然后一天天黯淡下去。
>
> 那时候，我们在马子溪洗尽一层汗盐，哆哆嗦嗦爬上岸，甩去耳朵里暖和的水珠，常常愿望着这道大瀑布，猜测大概不曾有人到那上面去过。
>
> 当夜色落下来，它自然熄灭了。而白日里远近相叠的峰岭，此时拼连融合成一个平面的黑暗，一个仰卧女子的巨大剪影。这女子一动不动，想必是累了，想必是睡了，想必是在梦想往事。她的头发太长太多，波浪形地向北舒摆开去，每夜都让星光来晒着，让山风来抚着——等待朝霞来再一次把她肢解。
>
> 那时候，我们的自由部落就建立在这里。大家常去山下的寨子里挑粮，听农民说些话。他们说马子溪是从这羞女峰的什么地方流出的，女子们喝了，会长得标致，而且将来多子多福。他们是瑶民，或者苗民，自己也说不太清

> 楚。他们黑洞洞的门槛里，地面坑坑洼洼，有嗡嗡的蚊蝇和朽木的酸味。

显然，在这里，瀑布之所以美，没有有意识的心理的努力是不可能产生的。因为“我们”身上有“汗盐”，劳动的辛苦，“哆哆嗦嗦”的体验，在这种情况下，是很难有美感产生的。只有“当夜色落下来”，一切都变得模模糊糊的时候，远山和瀑布才能变成“风景”，因为在这种情况下，“我”的外在的视觉受到了限制，距离得以产生，想象也开始发挥作用，内部的感觉变得异乎寻常的敏捷，“自然”于是变得充满美感了。

同样，对于像《空城》这样的小说也是如此。这篇小说中的空城即锁城，这个锁城并不美，而且似乎有点恐怖，在锁城中发生的故事，也不尽动人，甚至充满血腥，但就是这样一个锁城，在叙述者“我”的叙述中，却是那样的充满遐想和神秘：显然，从这里可以看到一个由“自然”变成“风景”的过程。这一“风景”的产生，无疑与叙述者“我”的位置有关。这是叙述者“我”以一个回城后的知青的身份回忆的锁城，这一回忆的远距离对于锁城之美的产生很重要。另外，更重要的是小说中叙述者“我”作为故事的主人公的位置。锁城并非作为知青的“我们”劳动的地方，而是在这之外作为我们劳动的草场的对照出现，如果说“茅草地”对应的是迫近的现实和自然的话，锁城则是作为这一现实之外的、想象中的神秘的“他者”的形象出现，这一位置决定了锁城作为“风景”的可能；另外，

“我们”在锁城又言语不通，因而对锁城就又多了一重审视的距离。最为重要的是，“我”虽然是知青，虽然也有现实中的冲击，但这一冲击却是以浓缩的方式被跳过，“什么事也没发生过似的，我们就骨架粗硬，喉结突出，进入了中年”，但，是真的“什么事也没发生过似的”吗？显然不是，而之所以这样叙述，无非表明叙述者“我”的那种超越现实和历史的自我意识，正是这种有意的自我意识，锁城最终成为一个想象中十分美好的“风景”得以产生。

从韩少功对寻根写作的分析可以看出，这些文学风景的发现，其实是由那些摆脱现实羁绊的“内在之人”发现的，他们可以是知青主人公，也可以是作者/叙述者。韩少功的《爸爸爸》、郑万隆的“异乡异闻”系列，李杭育的“葛川江”系列等就是这样的典型。以郑万隆为例，早在写作“异乡异闻”系列之前的1980年，郑万隆就写过在题材上十分接近“异乡异闻”的小说，那就是《长相忆》。这是一篇以第一人称视角和回忆的口吻叙述幼年时的经历的故事。“多少年来，我一直在找。找一个人，一个老头儿，我的鄂伦春族的爸爸，是他把我的心带走了，教我怎么能不找呢?!”这是小说的开头。如果撇开小说写作的日期，这简直就是一篇寻根小说。而实际上，这篇小说很富有象征意义，因为，这个“鄂伦春族的爸爸”并不是叙述者“我”的亲身父亲，而只是义父，因此，这种“寻找”就带有寻找“精神之父”的意义了。而如果从这篇小说中的主人公/叙述者“我”再到“异乡异闻”系列中的叙述者的转变，可以很明显看出，这一叙述者从主人公“我”到无人称的叙述者的转变，正好表征了寻根文学的出现：寻根写作正是这样一个从主人公“我”转变为无人称叙述者的过程，这一过程建立的正是无人称叙述者的主体地位，这一主体以无人称的姿态出现，其实也正是知青作家的有意识的自觉的集体亮相和出场。

如果说，寻根写作是把知青写作中的“自然”重新变成“风景”的话，这其实是知青写作中返回倾向的延续。知青写作中的返回，早在那些《本次列车终点》《村路带我回家》《南方的岸》等中就有呈现，但这一返回无疑是现实中失败后的返回。因而某种程度上，这充其量不过是某种精神上的返回，就像陆星儿的《达紫香悄悄开了》所表明的，对叙述者——也即主人公来说，他还要回到城市，因为那里有他（她）们的位置，有他（她）们的梦想，而在穷乡僻壤，则是不可能实现的。因此，对于这些小说而言，虽然也写到乡土中的“自然”，但他们的眼光并没有在这上面停留，故而也就很难表现出其永恒的美来，这样的“风景”其实只是浮光掠影。但在寻根写作中，自然风光——风景则具有了本体论的意义，其之所以具有本体论的意义，就在于这样的“风景”寄托了作者/叙述者深厚的感情，但这样一种情感的寄托却并不是直接的倾泻，而是客观化的呈现。如果说，在那些具有返回倾向的知青写作中，“风景”是由那些现实中失败的知青主人公返回乡土时发现的话，那么在寻根写作中，“风景”则更多地是由作者/叙述者超越现实后所发现的。这一作者/叙述者显然不同于那些现实中的失败的知青主人公，他们比这些现实中的失败主人公更进一步，他们没有通过返乡来建立自己的主体，而通过精神上的烛照，就能在自然中发现美的风景，并以此寄托他们的情思和愿望，因此，在这里，对于寻根写作而言，题材的转变与否并不重要，重要的是如何对待自然或现实/历史，以及它们背后的自我。如果取自自我之外的启蒙理性，“自然”在他们眼里就是落后而不美的，但这时他们也只能成为外在启蒙理性的符号，这表现在那些知青写作中；而如果从内心出发而达到对自然的超越，叙述者或主人公就能成为他们自身的代表，这就是寻根写作。

这样，就能理解阿城的小说为什么很难用知青写作所涵盖。在阿城的小说中，自然之美是同现实的纷扰相对立的，而这自然之美则来自内心的超然态度。在寻根写作中，阿城是比较独特的一个，这种独特性即表现在他的寻根写作并不表现出超越时空的倾向，相反，他追求的是那种日常生活的超越性。这种超越性往往表现在两个方面，一方面以日常生活对抗宏大生活，这种对抗即表现在沉溺于日常生活中而对宏大生活的不见，用阿城自己的话说就是“世俗之门”，这扇门是被“寻根文学”“撞开”的①，在这扇门里看见的自然就只能是俗世生活而非宏

① 参见阿城：《闲话闲说——中国世俗与中国小说》，《阿城精选集》，北京燕山出版社，2011，379页。

大生活了，从这一脉络下去，就有了阿城自己梳理的像王朔、刘震云、叶兆言等新写实作家，他们距寻根文学已经很远了。另一方面表现在日常生活中的文化呈现，即阿城所说的“文化制约着人类”。他要挖掘的正是那在人类生活中深藏的“文化”制约因素。这种超越性恰好就与老庄哲学的某些精髓相似，这也是阿城特别喜欢老庄的缘故。

虽然阿城后来在《闲话闲说——中国世俗与中国小说》这本书里梳理了中国世俗与中国小说之间的关联，但理解阿城的寻根小说，却不能局限于此，因为若此，他就和那些沉溺日常生活的写作没有什么两样了。其实，对阿城而言，沉溺日常只是其第一步骤，这是一种以退为进的策略，以此才能对抗宏大生活，之后才是超越，即沉溺日常中的超越，这个超越依靠的是文化。这一脉写作虽然在寻根写作中不占很大的比重，但其实十分关键。因为这一脉络直接表现的就是知青的下乡岁月，但他们不是作为“伤痕”来写，而是作为背景或前景的存在，是需要对之进行超越的。批判或启蒙式的知青写作，虽也表现出超越，但那是以现实生活秩序的合理性作为承诺的，而在寻根写作中，这一承诺是以“文化”的名义给出，因此，其针对的就不仅仅是主人公，还包括叙述者在内。换言之，在批判或启蒙式的知青写作中，主人公对现实的超越来自主人公之外的启蒙理性或批判精神，而在阿城的寻根写作中，主人公对现实的超越却来自内心的努力，他无视外面世界的纷纷扰扰，而能静守内心的超然。这一超然来自不同于宏大的革命叙述的日常叙述，即他所谓的“世俗之门”，但问题随之而生，即这一世俗日常，虽能表现出超越宏大叙述的意图，但其最后却把文学引向日常的泥淖中，终于难以回头，这是后话，不过阿城代表了寻根的另一脉走向，却是事实。

第四讲

先锋文学创作及其转型

最近几年，关于先锋文学的终结、转向及其1990年代以来的“续航”，一度成为学界热议的话题。表面看来，这与先锋文学三十年的到来有关。三十年的时间段，所谓半个甲子，在中国人的意识里，恰好是可以回顾总结的期限，各种文章的出现似乎也回应了这一隐秘而潜在的要求。但事实并非如此。关于先锋文学的话题，其实一直都是学界关注和讨论的话题，此前不断被重提的“文学性”话题，以及“重返八十年代”的提出，都可以看成是这一热点议题的前声。对于先锋文学，我们不能仅仅停留在其反叛和反拨——也即“破”的表现——的层面，而应看到其实验的积极性的一面。也就是说，作为文学潮流，它虽然很快就偃旗息鼓，但其留给后代作家和研究者的启发却是长久的。关于这一话题，并不会随三十年的过去而消失于地平线之下，相反，它会是文学界常议常新的话题。因为，只要文学创新不会成为过去式，先锋文学就会不断地被重启或激活。两者之间的逻辑关系，1980年代的文学对此已经做了最好的诠释。

一

我们谈论1990年代先锋文学的转型的时候，往往会说先锋作家转向或回归到现实主义。这样说当然没有问题，但可能忽略了一点，即，对于不同的作家，他们的转型其实有很大的区别的。事实上，对不同的作家而言，他们转型的路径多有不同。比如说叶兆言，我们从他1990年代以来的作品中仍能看到其先锋的痕迹，这种痕迹在其近作《刻骨铭心》（2017）中仍能见出。小说中的“元小说”的写法让人想起《采红菱》（1993），但对于读者而言，并不觉得费解或有什么阅读障碍。也就是说，叶兆言自1990年代以来，虽然也写出了《驰向黑夜的女人》（也叫《很久以来》）、《没有玻璃的花房》、《一九三七年的爱情》、《走进夜晚》等趋向传统现实主义的作品，但他并没有停止先锋小说的写作路子，比如《采红菱》等都可以看成是先锋小说的余绪。也就是说，叶兆言一直是在先锋和传统现实主义之间来回穿梭，他是在同时采用两幅笔墨进行创作。但若细读叶兆言的先锋和现实主义之作又会发现，两者之间就阅读的感官而言，其实并没有大的差别，也就是说，在叶兆言那里，先锋和写实其实是互通的：叶兆言是在用写实的笔法展开先锋式的文学实验，或者相反。在他那里，从先锋走向写实，或从写实走向先锋，其实只有一步之遥。因此，他的作品也最具有迷惑性，比如说《白天不懂夜的黑》（2015），把作者/叙述者自己放进小说故事中以此暴露真人真事的写法，让人搞不清楚哪里是虚构哪里不是虚构。此乃似真性效果下的写实与先锋间的“耦合”。这样来看，就会发现，他的近作《刻骨铭心》亦可看成是先锋和写实的变体，其中把历史真人、真事和虚构人物、人事糅合一起，读来浑然不觉有什么差别，结尾却又点明，这是虚构，以此暴露其“元小说”式写法。相对于此前的《一九三七年的爱情》和《白天不懂夜的黑》，《刻骨铭心》似又向先锋前进（或后退）了一步。这就是叶兆言。在他那里，转型与不转型，并不明显。

但对于北村和洪峰那样的形式实验趋向极端的先锋作家，则又截然不同了。他们的转型都很急剧，就像急转弯一样。洪峰的情况前面已经提到。1990 年代以来，北村的转型也相当明显，他从早期那种叙事形式上的极端，转向了另一端，即现实/历史题材的写作和故事的讲述，写出了传统现实主义式的《台湾海峡》和《武则天》。他此时的作品另一个更主要的特点是宗教倾向十分明显，不论什么题材（很少例外，除了《台湾海峡》和《武则天》），他开始倾心于苦难和救赎的主题，写出了《愤怒》《玻璃》《鸟》《望着你》《我和上帝有个约会》《公路上的灵魂》和《安慰书》之类的作品。但若以为北村的转型是一下完成的，则又是大谬，因为，早在先锋小说创作时期，北村的作品，诸如《聒噪者说》《施洗的河》等作品中，就有浓重的宗教意味和神性的东西在，只不过那时，宗教的神性是被包裹在叙事和形式上的试验当中，叙述的迷宫掩盖了神性的光芒。只有转向基督教，真正具有了信仰，才使得北村的作品具有了现实反映的深度。因为宗教的原罪意识和救赎主题，现实的苦难在他的小说中有了格外突出的表现。

前面提到的例子告诉我们，对于先锋小说家而言，只有在趋于极端的情况下，他们的转型才会明显。洪峰和北村属于那种把先锋小说的形式实验推向极端的例子，正如陈晓明所说的"他（指北村——引注）的探索表明了当代小说所达到的可能性、复杂性和危险性"①。北村的转型某种程度上可以看成是走投无路后的幡然醒悟和充分自觉。趋向极端的结果就是，要么急剧转型，像洪峰和北村（北村的情况要稍为复杂些，他的转折经历了一个过程）；要么就此打住并撤退，像孙甘露 1990 年代中前期出版的长篇《呼吸》。对于孙甘露，陈晓明早在 1990 年代初期的时候就已经预言到："孙甘露是挑战者也是殉难者，他拆除掉小说的那些形式规范之后，他只能面临无所事事的恐慌。孙甘露的破坏并不意味着当代小说的诞生，恰恰相反，最后一道界限拆除之后，人们再也无法保留最后的幻想和最后冲刺的欲望。孙甘露不是原地踏步就是往后撤退。"②

这里之所以特别提出叶兆言和洪峰、北村，是想指出，他们是作为先锋小说写作的两端出现的，一个趋向于传统写实一脉，像叶兆言，一个则趋向极端形式主义和叙事上的试验，像

① 陈晓明选编：《中国先锋小说精选》，甘肃教育出版社，1993，224 页。
② 同上书，182 页。

洪峰、北村和孙甘露。而像格非、余华、马原、苏童、潘军等大多数先锋小说家，则是处在两者之间。这种游移决定了后面这些作家转型时的矛盾态度和种种可能，马原就属于犹豫不决的那种，之后不久停止了小说写作，多少也与转型不成功有关。而像余华、格非、苏童等，他们的先锋写作倾向于故事的讲述和氛围的营造，转型也更为便利。而也正是这种游移和不彻底，使得转型后的这些先锋作家们的作品很难真正做到写实或实写。比如说格非、苏童和余华，他们的作品往往具有一种夸张、隐喻和戏剧化的效果。这在苏童的《河岸》《黄雀记》，余华的《兄弟》《第七天》等等作品都有体现。

也就是说，转型后仍带有先锋余韵的不是那些特具先锋探索精神的作家，而是那些看似不太先锋与极端的作家，比如说叶兆言，比如说格非。格非的近作《望春风》（2016）仍可以看成是先锋精神的当代呈现。换言之，对于那些把形式实验和叙事探索推向极端的作家，他们的后来的创作转型也越彻底，而对于那些本就温和的、看似不太先锋的作家，他们的探索则并没有走到尽头，并没有被耗尽，所以在 1990 年代以来，他们的作品中仍能看到先锋精神的流风余韵。而这也说明，对先锋的探索，并不会随着洪峰、北村和孙甘露等人的极端式表现而终结，这种探索会在其他那些并不太先锋或极端的作家（比如说吕新）那里，以另一种形式延续或复活。这也说明，所谓“先锋的续航”，很大程度上就是针对这些作家而言的。

因此，从某种程度上讲，先锋写作，其实可以看成是一种试错机制，它尝试了文学的各种写法，一再把形式实验与试验推向极端，然后后退。正是在这反反复复，及其平衡点的选择中，它其实是把文学形式如何同现实与经验对接的命题推到了作家们的面前。也就是说，1980 年代的先锋文学思潮把这一命题或难题留给了这之后的文学实验。先锋文学在提出了文学写作的各种可能的同时，也提出了文学写作的限度问题。

二

陈思和在《先锋与常态》一文中，把先锋与常态视为文学发展的两个层面和两种形态："时代变化，必然发生与之吻合的文化上和文学上的变化，这种变化是常态的，是指 20 世纪文学的主流……另外一个层面，就是有一种非常激进的文学态度，使文学与社会发生一种裂变，发生一种激烈的撞击，这种撞击一般以先锋的姿态出现。"① 这里的先锋与常态的区分，是就思潮而论的。也就是说，此一分类用来分析 1980 年代中后期的先锋派无疑是适用的，用来分析先锋派的退潮并转向也是有效的。但对于 1990 年之后的文学实验，这样的区分却是不够的。因为就像南帆在一先锋小说选本的序言中所说的那样，先锋派之后的先锋叙事实验已经布不成阵，不可能有所谓思潮或流派

① 陈思和：《先锋与常态》，《文艺争鸣》2007 年第 3 期。

出现了①。而且，这些作家的构成也十分庞杂，很难整齐划归，其中既有传统现实主义作家，有现代主义文学的代表人物，也有一直尝试形式实验的一拨。某种程度上，1980 年代的先锋派已经成为 1990 年代以降作家写作时的重要传统，或者说影响的焦虑，横亘在他们面前。无论他们是选择对话或者刻意绕开，先锋派都是作为潜在的对话者存在的。这就是文学史传统的力量，也是 1980 年代以来的文学创新精神及其传统的表征。1990 年代以来的文学要想创新，就不可能绕开先锋派。

也就是说，作为一个潮流或流派，先锋文学早已成云烟；作为一种精神，先锋文学则永不会枯竭，以至于今天，在文学写作中仍能看到其余韵或变身。各大文学刊物发表的作品中，总有标榜先锋实验的作家作品侧身其中。比如说棉棉的《失踪表演》②。李洱的长篇《花腔》(2002) 的出版，更是让人有先锋重新回到文坛中心的感觉。只不过，他们（它们）在今天已无法获得先前的殊荣，人们也似乎并不投去过多的目光。毕竟，马原诸人都早已转向。这说明，作为一个潮流，先锋实验的时代已经远去，今天有的只能称为先锋文学落幕后的“后先锋写作”——先锋文学之后的形式实验。他们布不成阵，因而只能以零散的方式显示自身。但这样一种碎片化的存在方式，又何止是先锋文学本身？可以说，文学早已经成为碎片化的存在，

① 参见南帆：《夜晚的语言·导言　边缘：先锋小说的位置》，南帆编选：《夜晚的语言（先锋小说卷）》，社会科学文献出版社，1998 年。

② 棉棉：《失踪表演》，《收获》2017 年第 3 期。

而这，恰恰又是作为潮流的先锋文学所直接/间接地制造的结果：他们不遗余力地以宏大叙事的解构为目标，文学迎来了微小叙事的年代，也造成了“轰动效应”的消失。

即使如此，我们仍想指出的是，作为思潮的先锋文学虽然落幕了，但作为文学探索精神的“先锋意识”却深入人心且具有弥漫性，其影响无疑是多方面的，也是巨大而深远的。就先锋文学思潮之于1990年代以来的文学实验而言，其影响主要体现在两个方面，一方面，文学的边界不断被扩展，“文学性”命题不断被提出。另一方面的表现是，对文学“真实性”命题的不断质疑和重提。

先锋文学思潮的出现，使得人们对于“何为文学”这一问题有了更多和更包容的认识。“文学性”不再是一劳永逸的命题，它必然随着人们的大胆创新和实验而不断拓展和刷新。在这方面，王安忆和贾平凹的小说创作，很有症候性。王安忆的《纪实与虚构》可谓后先锋时代先锋写作的代表。这是一种以叙事者讲述的方式把先锋写作的元小说技巧与现实主义的纪实原则并行不悖地统一起来的做法。这样一种故事讲述与分析求证相结合的方法在这之后的《匿名》（2015）中仍有延续。相比之下，贾平凹虽然较少有形式上的实验，但他也在不断尝试小说中故事的新的讲法，比如说《带灯》中把诗意的文字与枯燥的药方并置一起，两者之间的张力极大地拓展了小说的叙事能力。比如说《老生》，通过把《山海经》嵌入小说中创造了故事讲述的“互文性”文本。这些都是在传统的故事讲述的框架内的创新和探索。另外一种文学性的拓展则以韩少功的《马桥词典》为代表。沿着这一思路而来的，有贾勤的《现代派文学辞典》（长篇）和霍香结的《地方性知识》（长篇），等等。这是一种以物写人的做法。所谓村庄的物事，虽表面看来充满了精确性、实证性或者说"物性"，但这背后涌现出来的却是文化和大写的"人"（不是"大我"）。这种舍弃"小我"及其对个人生活展示，去表现背后的大写的"人"的做法，某种程度上，可以看成是文化寻根的先锋化倾向。第三种文学性的拓展，是仍在继续马原等人所开创的先锋文体实验的一脉。这些都是散兵游勇，其中以李洱、刘恪、刁斗、墨白、黄孝阳、康赫等人为代表。李洱的《花腔》《遗忘》《导师死了》等，特别是后两篇，在一种典型的后现代式的把文学还原为文字游戏的惯例中，创造了传说与现实的互文关系的写法，有力地拓展了文学性之命题的新边界。刁斗《小说》把马原开创的元小说模式推向更进一步，创造了非虚构和元小说的结合。墨白和刘恪则延续了格非的叙事迷宫传统，墨白的《雨中的墓园》让人想起格非的《谜舟》中所制造的迷宫，而刘恪的《无相岛》则创造了象征手法与迷宫意象相结合的新形式。更有甚者，康赫的长篇小说《人类学》皇皇巨制130余万字，堪称先锋文学实验的集大成之作。

三

应该说，先锋文学除了不断刷新人们对"文学性"的认识之外，其对今天的另一个重大影响还表现在对文学“真实性”问题的反思与重构上。先锋文学让我们清楚，所谓文学真实，其实是一种“似真性”叙事效果，先锋文学通过对文学“似真性”的还原，让我们明白了文学的叙述本质，进而对真实产生新的认识。也就是说，文学并不是对“本质真实”的揭示，文学的真实只是一种效果，叙事上的效果，甚至连表象上的“现象真实”都不是。

显然，这是对此前传统现实主义的反拨。它们之间往往构成一种隐秘的对立关系。可以说，正是在这点上，先锋文学与新写实小说之间具有了同构关系。但先锋文学是以形式上的试验来达到这一诉求的。这种形式上的试验主要表现在两个方面：第一，它通过暴露小说“元小说”技法的方式以展示其文学“真实性”的叙事特征；第二，通过还原小说的叙事性和游戏性（即“可写的文本”游戏性）以达到对小说背后隐隐存在着的主题的悬置。如果说第一种方式达到的主要是对故事的“现象真实”的颠覆的话，那么第二种方式达到的则是对“本质真实”的颠覆。就后一种而言，这种还原小说的叙事性和游戏性的做法，在洪峰、北村和孙甘露那里有极端的表现。也就是说，在他们那里，文本游戏被推到了极端，以至于1990年代以来少有继承或延续。先锋文学对“真实性”的拆解在1990年代以来的影响，主要是在第一点上。这在李洱的《花腔》中有鲜明的表现。小说中，叙述者一上来（在《卷首语》中）就告诉我们核心主人公葛任的死亡，这就是“真实”。但对于他是怎么死的，我们始终不甚了了。小说作者/叙事者（葛任的后人）通过小说的写作试图还原主人公的死亡，结果却发现，越是努力，越是无法抵达主人公死亡的真相。这就有点像卡夫卡《城堡》中的想进去而始终不得的悖论，不同的是，这一小说始终是以“有甚说甚”式的“我不是耍花腔”的形式“耍花腔”，其结果，真相就在这真真假假的叙述、考证和分析中变得越发扑朔迷离了。也就是说，这是一种以“真实”的面目的方式“反真实”，是一种以考证式的形式完成的对真实的颠覆。所谓的历史真实，其实就是叙述出来的结果，取名“花腔”，其意正在于此。《花腔》中虽然没有直接使用“元小说”的技巧，但因其中列出的很多书名等，其实是作者虚构出来的。某种程度上，这是在做另一种意义上的虚构的自我暴露。它并不是要去质疑历史的真实本身，而是对如何抵达这一真实提出了自己的质疑和反思。

叶兆言的近作《刻骨铭心》(2017) 则是在另一种意义上使用“元小说”的方式。小说一开始就以自我暴露的方式表明他在写一部名叫《刻骨铭心》的小说，他的写作时的困惑，以及他的设想，这是小说的第一章。这使我们想起马原的《虚构》。然而从第二章开始，作者隐退，主人公出场，《刻骨铭心》的故事背景也一下子被拉回 1930 年代的南京，开始讲述主人公们的故事。这一部分中，有真实的历史事件，例如民国时期发生在南京的“首都计划”、新生活运动，以及南京沦陷等，有这些历史事件中活跃的真实的历史人物，蒋介石，宋美龄、孙传芳以及“首都计划”国民政府首都建设委员会国都设计技术专员林逸民、章太炎、徐悲鸿夫人蒋碧微等。这些历史事件构成了小说中的真实背景，在这些历史人物之外，作者还虚构了一些人物秀兰、希俨、彭绍、碧如、丽君、俞鸿等，乃至首都警察厅厅长冯焕庭都是作者虚构的产物。作者让这些虚构的人物生活在前面提到的历史人物周边，读者读来完全分不清哪是事实哪是虚构。也就是说，作者在这里创造出了真实的历史人物和虚构的主人公，真实的历史事件与虚构的事件彼此融合、真假难辨的叙事效果。但在小说最后，作者却又忍不住跳出来告诉读者："我的长篇小说《没有玻璃的花房》，曾写到一个叫李道始的人，他是戏剧学校副校长，也就是俞鸿夫妇所在的学校领导。"（《刻骨铭心》）。也就是说，此一小说中的俞鸿夫妇是作者另一部长篇小说中的主人公。这样一来，也就完全颠覆了作者此前的所有叙事，并告诉我们：此前的那些都是小说笔法。换言之，读者读到的"真实"都是一种叙事效果，是文学的"似真性"，与历史真实完全是两回事。但作者似乎又不是要去质疑历史真实，他的意图是想通过这种似真效果的揭示表达对历史真实下的个人日常的深切关注。所谓历史的轰轰烈烈和沧海桑田，但人们的日常生活的惯性或逻辑并不因此而改变，甚至也不会改变。这是在以一种"元小说"的手法来表达对历史大事背后的日常生活的肯定。"文学真实"是一种叙事的真实，它的目的不是要去还原历史，而是要还原大历史下的活生生的个人和氤氲充沛的烟火气息。也就是说，叶兆言通过一种"元小说"的手法所要完成的仍旧是"文学是人学"的主题。他所看重的，其实是日常生活的惯性所包裹着的质地坚硬的构成部分，如果说有“真实”存在的话，这就是“真实”！先锋技法在这里实际上成为向传统敬礼的方式。

四

今天，虽然先锋文学早已经转向或不再被人们所关注，但其在“文学性”和“真实性”等问题上所展开的思考，无疑启发了日后的作家和理论家们，令他们受惠不已。从这个角度看，先锋写作向“后先锋写作”的转向其实也就意味着先锋文学从一个流派转向为一种风格。也就是说，先锋文学作为派别虽然落幕，但作为风格却获得了新生。某种程度上，先锋文学的谢幕，其实也就意味着先锋文学的弥散和无限的敞开。可见，“后先锋写作”并不是先锋的终结，而是先锋的重生。

表面看来，先锋文学的转型与回归，其显示出来的是传统现实主义“收复失地”重拾河山的胜利。但这是更高意义上的重复。历史很少会以同样的面目重复上演两遍。也就是说，先锋文学的出现及其转型，不仅打破了现实主义一统天下的格局，也使得先前的现代主义文学试验迅速谢幕。先锋文学不仅针对现实主义，也在内部瓦解了现代主义。这也意味着，在经过了先锋文学的洗礼过后，现代主义文学不可能再以原来的面目出现。也就是说，此前从两个方向——文学主题的探索和文体形式上的实验——上展开的文学探索，随着先锋文学的到来与转型而逐渐合二为一，现代主义文学创作逐渐被统合到先锋文学的形式探索中去了。比如说王威廉的“法三部曲”，以一种很少见的第二人称叙事口吻讲述一个带有现代主义的主题与命题。或者说两个方面的探索都被统合到一个作家不同时期的创作实践之中，以至于很难再做主题探索和形式实验的强分。比如李洱既写出形式探索极强的《花腔》，也写出现代主义意味颇浓的《你在哪》（短篇），但如果仅仅把《花腔》视为形式实验显然是低估了这部小说，同样，《你在哪》也不能被简单归入到主题探索的脉络中去。

这种现象还在另一个类型文学——科幻文学——中有独特的呈现。比如说韩松的《地铁》和《高铁》，以及李宏伟的《国王与抒情诗》。韩松的小说，让我们有一种置身科幻现代主义中的感觉，科学的异化是他常常思考的命题，而《国王与抒情诗》则创造了科幻写作与意识流技法的奇特结合。韩松和李宏伟的例子告诉我们，转型后的“后先锋写作”创造了纯文学与通俗文学融合的趋势。先锋实验被包裹进流行写作中，作为类型文学的构成因素被回收，使其在先锋派落潮后获得另一种意义的重生。这样一种倾向，在王小波那里更是有着奇特的表征：王小波创造出先锋小说大众阅读的“奇观”。关于王小波小说的“先锋性”似乎不用怀疑，但他的小说并不像其他先锋小说那样只限于小众读者范围内的阅读接受，相反，他的小说不仅一版再版，销量可观，而且有着多种不同的版本。这在资本逻辑大行其道的今天不能不说是一个“奇观”！某种程度上，这即意味着，先锋的也可能是大众的，先锋和通俗或大众之间，其实只有一步之遥。这种现象，在1980年代中后期，显然是难以想象的。但这恰恰就是先锋文学转型后的“后先锋写作”——一个不可忽视的事实！

第五讲

新写实小说、新历史小说与刘震云

刘震云的小说创作虽然可以大致分为新写实小说、新历史小说等不同类型，或者“官场系列”“故乡系列”等不同系列，其作品风格也前后殊异、变化明显，既有属于传统现实主义的一本正经之作，也有可以称为戏谑反讽的后现代主义篇章，还有的作品风格鲜明但颇难归类，但就内在气质或追求上看，仍有其一以贯之的线索或脉络。考察刘震云的小说及其意义，可以从历时性的角度展开，具体说，可以从八九十年代文学转型的角度入手。所以这样说，是因为刘震云的创作起步于 20 世纪 80 年代后期，此时他的小说创作可以看成是八九十年代之交文学创作思潮的产物，这是一方面。另一方面也可以说，他其实是以他的文学创作参与到对八九十年代文学转型的推动和对社会转型的反思中去。

一

刘震云的中短篇小说，很大部分创作于八九十年代之交，进入 21 世纪以来，刘震云基本停止了中短篇小说创作，转而专注于长篇小说创作和影视编剧。他的中短篇小说，大部分都可以被放在当时文坛的主流思潮——新写实小说和新历史小说中考察。

就新写实写作而言，刘震云的代表作品有《一地鸡毛》《塔铺》《新兵连》《新闻》和“官场系列”（《官场》《官人》《单位》）等。这些作品中，被经常作为例子列举的是《一地鸡毛》。小说的开头很有意思：“小林家一斤豆腐变馊了。”豆腐变馊这样的日常琐事，在传统现实主义或革命现实主义小说中，是不具备什么意义的，或者说微不足道的，但在刘震云的新写实小说中，却是一件大事。说它是大事，是因为买豆腐本不容易，而因排长队买豆腐致使上班迟到又会遭领导批评。但就是这样费尽心思买来的一斤豆腐竟然变馊了，恰好老婆又先于他回家，从而“使问题复杂化”了。于是因为豆腐变馊，扯到与保姆间的矛盾，又因为保姆，扯到各自在单位受的闷气，扯到各自摔坏的暖水瓶和花瓶，各个事件之间彼此勾连交错。这就从一件事情变成了几件事情，引起了连锁反应：一件小事也就具有了不同寻常的意义。相比之下，传统现实主义小说是不会过多倾注于这样的日常琐事的，即使偶尔涉及，比如柳青《创业史》中梁生宝买稻种途中吃饭的细节，也只是为了表现英雄主人公的高尚情操；或者相反，比如罗广斌、杨益言的《红岩》中甫志高买牛肉干带回去给老婆吃这一细节，只是为了表现反面人物醉心于物质享受，其所以背叛革命亦能从中找到源头和原因。可见，传统现实主义小说中，日常琐事均具有从中升华出宏大叙事的叙事功能，而不像《一地鸡毛》这样的新写实小说，日常琐事只是日常琐事，它不能引向升华，无法从中“寻找普遍性”，也无法被“整体化”①，它只代表它自身，或指向其他日常琐事，对于这些小说而言，现实生活正是由这些指向自身的日常琐事构成的。新写实小说之所以具有解构宏大叙事的能力，其秘密某种程度上正源于其对日常琐事的“去魅”和“还原”：还原日常琐事的日常性和“不连续性”（或零碎化）。这种“去魅”带来的另一种结果是，任何原来具有重大意义的事件或话语，都能在这种“去魅”中被作一种日常琐事式的呈现。这是一种从日常琐事的角度去表现重大主题的做法。如果说新写实具有“还原”性的话，其在刘震云这里主要体现在两个层面：先是对日常琐事的“去魅”，而后是从日常琐事的角度理解任何事情。所谓革命、道义、爱情、意识形态，等等，都在这种“去魅”后的日常琐事化的表现中变得“面目可憎”或者说“面目可亲”了。说其“面目可憎”是因为，这与我们原来所接受的事物的光辉形象判若两人，我们从中看到的是人性的自私自利和卑琐的一面；而说其“面目可亲”是因为，向来以宏大叙事姿态出现的意识形态或领导形象，其实与我们没有什么两样。

当然，对于《一地鸡毛》而言，其最具象征意义的，还是小林在菜市场偶遇号称“小李白”的大学同学时两人的对话一幕：

“你还写诗吗？”

---

① 参见［法］亨利·列斐伏尔：《日常生活批判》，社会科学文献出版社，2018，393页。

> “小李白”朝地上啐了一口浓痰：
>
> “狗屁！那是年轻时不懂事！诗是什么，诗是搔首弄姿混扯淡！如果现在还写诗，不得饿死？混呗。……”
>
> ……
>
> “小李白”拍了一巴掌：
>
> “看，还说写诗，写姥姥！我算看透了，不要异想天开，不要总想着出人头地，就在人堆里混，什么都不想，最舒服。”

对这段对话细细分析便会发现，其中内含着某种分裂：一方面是把写诗视为理想、信念或意气风发的象征，用小说叙述者或主人公的话说就是“异想天开”，“那时大家都讲奋斗，一股子开天辟地的劲头”。另一方面，又把写诗与现实对立起来，写诗具有某种不及物性：“如果现在还写诗，不得饿死?”即是说，写诗是与现在的生活彼此对立，而不是与当时的现实对立。为什么会出现这种内在分裂?

在小林和“小李白”大学期间，写诗某种程度上就等于有理想，但到了毕业后的几年时间，它才变得无力和软弱。这从小说写于1990年10月往前推可以看出。这样来看就会发现，写诗的不及物性或者说文学之所以被看成现实生活的对立面，是与80年代中后期“文学失去轰动效应”进而逐渐边缘化息息相关。在这之前，两者是内在统一的。即是说，彼时是以文学所高扬的理想照亮现实，现实在这种照亮中，其困顿和琐碎是被忽略不见的。当“文学向内转”和文学回到自身，文学与现实的距离拉大，现实的坚硬的一面逐渐呈现出来，这种背景下，文学只关乎自身，与社会现实或时代精神逐渐脱离与隔绝开来，其结果必然使文学一方面变得脱离现实和社会，一方面成为精神性的象征。这是互为前提的两个过程。

问题是，成为精神性的象征也可以具有正面价值和崇高性，但在这里，写诗却成为“年轻时不懂事”的代称。为什么会出现这种逆转？显然，若做一“知识考古学”的考察，便会发现，是八九十年代的社会转型所带来的理想的失落，以及宏大叙事的解体，使得写诗具有了某种悲壮的意味而显得不合时宜。因为事实告诉我们，写诗与日常现实之间并不冲突。这里之所以把写诗与精神性追求联系起来，某种程度上是与八九十年的社会转型有关。也就是说，这里其实是预设了日常现实的叙事功能，即是要把现实日常作为理想主义的“去魅”的工具来使用的。某种程度上，这其实是延续了七八十年代的社会/文学转型期的文学传统。彼时，现实日常因能去“继续革命”之“魅”而具有它的合法性内涵①。只是在此后的改革叙事中日常现实的合法性被改革的宏大叙事所遮蔽和压抑。从这个角度看，新写实小说其实是恢复了七八十年代社会转型期的日常生活叙事传统。但问题是，这时的恢复，是以对 80 年代的时代

① 李杨：《文学史写作中的现代性问题》，山西教育出版社，2006，276—279 页。

精神——即现代化的伟大承诺——的否定为前提的。也就是说，此时的日常生活叙事是以对七八十年代的日常生活叙事的否定确立其自身的合法性的。为什么会出现这种逆转？这就必须回到前面提到的八九十年代的社会转型。是当时的社会转型使得现实日常从此前被“现代化叙事”所遮蔽的阴影中解放出来。但解放出来的现实日常，却也同时具有了碎片化和平面化的特点，即是说，具有了“去宏大叙事”的特点。现实日常具有消解一切的可能，或者说任何宏大叙事在它面前都显出其无力来。就像李扬所说：“意识形态终结了，政治没有了。剩下的只有生活……‘日常生活神话’成为‘历史终结论’的另一种表达方式”①，所谓新写实正是在这个意义上呈现其意义。

二

表面看来，新写实小说是通过对日常生活的琐碎真实状态的表现来达到对宏大叙事的颠覆，但若以为刘震云是“把日常生活提升到了本体论的地位”而成了一种“生活本质”或者或本质真实②，则又是误解了刘震云。刘震云小说中的日常生活具有荒诞性的象征内涵，这在其中篇小说《新闻》中有极具症候性的表现。小说描写的是京城多家新闻媒体记者组团去地方某

① 《文学史写作中的现代性问题》，283 页。
② 同上书，291—292 页。

市采访。先是宣传“芝麻变西瓜”，而后又是宣传“毛驴变马”。小说中，关于“芝麻变西瓜”和“毛驴变马”的宣传两段，作者采取了荒诞变形的手法，其中“毛驴变马”一段如下：

> 市委书记……又当场让宣传部长牵来一头毛驴，他在驴身上盖一红绸巾，然后像市长芝麻变西瓜一样，他当场把驴变成了一头大马，仰头“咴咴”地叫。动物比植物有动感，一匹枣红马“咴咴”地叫，大家都很兴奋，拼命地鼓掌。

这样的事毫无疑问是假的，但因为对于新闻记者团和地方政府而言，他们关注的只是通过事件的宣传能否带来利益，而不管事件本身的真假，所以这里的假也就是真，这是那种以荒诞的手法显示出来的更加具有本质意义的真实。可以说，这是刘震云小说的一大特色。以荒诞写真实，是他的新写实小说和新历史小说的共同之处，从这点看，新写实和新历史在刘震云那里并没有本质的区别。这也使得刘震云的新写实小说和新历史小说不能简单视为后现代主义的中国制品。因为，他的小说叙事总无法真正摆脱表象真实和本质真实（或内在真实）间的二元对立区分，日常生活或者说荒诞手法，很大程度上都是为了本质真实的表现服务的。

荒诞手法，在刘震云的新写实小说中并不常见，其普遍运用是在他的新历史小说中，典型的是《一腔废话》和《故乡面和花朵》。《一腔废话》中五十街西里人民“由疯傻到聋哑，由聋哑到缺心少魂，由缺心少魂到木头，由木头到糟木头，又由糟木头到废物和垃圾，由废物和垃圾到猿猴，由猿猴到傻鸡，接着又由傻鸡到苍蝇”（《一腔废话》），最后又由苍蝇到形状和颜料。这样一种人变动物到变成形状的过程，与《新闻》中“芝麻变西瓜”和“毛驴变马”，在本质上并没有什么不同。这些变化都是在意念中完成的，不具有语言学意义上的指称准确性特征。《故乡面和花朵》中这种荒诞手法比比皆是，比如写到打麦场中的骚乱，人们之间互相厮杀，碎片布满天空：

> 碎片充满了打麦场和这场的天空。这些碎片在空中打着转地飞舞，我们的故乡可一下子到了现代化和后现代的境地了……故乡从此就开始又一轮的浑浊和混沌的循环。我们都像蝴蝶和碎片一样，开始在我们的故乡的天空下飘荡。

刘震云小说的荒诞手法，必须放在日常生活叙事的角度加以理解。也就是说，荒诞手法只是手段，而不是目的，目的在于揭示或“还原”日常生活的某些本质性的存在状态。在刘震云那里，荒诞手法的运用基于这样一种体认，即事件本身真实与否并不重要，比如说“芝麻变西瓜”或“毛驴变马”，重要的是通过这一看似荒诞的表现，暴露秩序背后事件的离散状态。这就像余华等先锋小说家如《世事如烟》等小说中人物形象的符号化一样，这都是符号化式的事件，“毛驴”或“马”都只是一种符号，其本身的真假并不是最重要的，不需要遵循表象真实的逻辑，它们遵循的是内在真实的逻辑。

刘震云小说中，荒诞手法在两个方面显示其意义。一是时间层面，一是空间层面。就时间层面而言，荒诞手法是与“循环”时间观联系在一起的。时间的循环之下，任何变化都是表象。因此，这时，不论是由人变成木头，变成猿猴或傻鸡，再到颜色或形状，变仅仅只是不变的表征。也就是说五十街西里人民如果真是疯傻，不论怎么变，终究还是疯傻（《一腔废话》）。同样，《故乡面和花朵》中，不管时间怎么演变，都是同一种空间关系（如父子关系、夫妻关系等）的重复，甚至同性关系也仅仅只是异性关系的重复，故乡的关系也成了世界关系的重复。这都是些“导源于所有处于同一水平的诸因素间的具有差异性的相互联系”，是“根基的缺乏”基础之上的“虚假的重影”①。《一腔废话》《故乡面和花朵》和《故乡相处流传》中，时间的“循回”的演变的结果，是本质上的一仍其旧，和形态上的无差别的变化。这是其一。其二，就空间层面而言，芝麻和西瓜，毛驴和马，猿猴和傻鸡，在本质上都是表象，它们之间的关系，是一种空间上的联想关系，由 A 到 B，与由 B 到 A，在本质上并没有区别。它们都是表象，它们都是共时性的空间上的碎片化的无秩序的并列关系，碎片化的存在，使得它们在性质上并无本质的区别。

这就是刘震云的荒诞手法及其背后的世界观。存在的背后，

① ［美］J. 希利斯・米勒：《小说与重复——七部英国小说》，天津人民出版社，2008，8 页。

是“不存在”（即“缺失”）；变化的背后，是“永恒的不变”。因此，变与不变，在他那里其实也就没有什么区别。同样，A也是B，或者相反。“毛驴”也是“马”，“芝麻”也就是“西瓜”；李雪莲也就是“潘金莲”（《我不是潘金莲》）；《一腔废话》中，五十街西里人民的疯傻背后，其实是全世界的疯傻。《故乡面和花朵》中，同性关系者回到的故乡也就是世界。这或许就是刘震云小说中的荒诞手法所要传达的讯息。荒诞手法的使用，使得事物之间的转变成为失去逻辑因果逻辑关系的转变，借此，刘震云得以建构其事物间的独特的关系：任你在千年的循环中死而复生、生而复死，或者千里万里之遥的空间上彼此不相干的两个人的生与灭，人与人之间的“关系”的本质是不会改变的。这一本质，或许可以称之为刘震云式的孤独。这是物与物之间的孤独，同时也是人与人之间的孤独。

三

荒诞手法的使用，某种程度上也使得“关系”自始至终构成刘震云小说的核心关键词，占据着中心位置。李敬泽曾一针见血地指出：“既然人家（即刘震云——引注）把‘关系’摆在门口好像这就是登堂入室的钥匙，你就别客气扭捏，拿起这把钥匙去开这把锁”①，这里虽然说的是《故乡面和花朵》，但对刘

① 关正文、李敬泽、陈戎：《通往故乡的道路》，华艺出版社，1999，80页。

震云的整体小说创作同样具有阐释力。对于刘震云而言，“官场系列”“故乡系列”等标签的使用只是为了论述方便，真正使得他的小说具有内在关联性的，是“关系”一词，以及作者对这一词的不同理解和不同表现，虽然不同阶段作者的小说风格变化频仍。比如说其早期作品《单位》。小说写的某部某局某处的几个人——小林、女老乔、女小彭、男老何、男老孙以及男老张——之间的复杂关系。这六个人之间的关系，始终处于一种动态变化之中，彼此都有矛盾，但彼此又有随时妥协的可能。这就使得任何一件小事都显得复杂多变。例如单位的分梨事件、小林的入党事件。这与《一地鸡毛》中的豆腐馊了一样，单位分梨，梨烂了也是一件大事。说它是大事，是因为梨烂了引起了不小的风波和使得矛盾演化。在这些琐事当中，任何宏大的命题或话题都变得无关紧要了，比如说小林的入党动机。他是为了女儿，才想要入党，因为入党后就可以分到独立的单间住，而不必忍受与他人合住一个套间的屈辱。女老乔作为党小组长，负责着党员的发展，但对于她而言，让或不让小林入党，却始终与她的心情的好坏变化有关。

在刘震云这里，关系之所以是书写对象，是因为凭借“关系”的存在，一个事情可以变成另一个事情，事情和事情之间的转换或推进，都是因为关系的存在及其关系双方的力量对比和消长起伏所致。即是说，一方面“每日每时面对和处理这些关系就构成了你的‘现实’你的‘生活’，你被你的所有这些关系所说明界定，当然你也力图在所有这些关系中说明和界定自己”①；另一方面，关系也构成了刘震云的小说主人公与主人公之间和事件与事件之间逻辑推动力。简言之，关系不仅是表现对象，也是叙事动力之所在。这是刘震云的小说与其他作家所不同的地方：从一开始，他就无意于人物形象的塑造。但关系的不同形态，带来的事情之间的起承转合又有不同。从这个角度看，刘震云小说创作的阶段性演变可以用“关系模式”的不同来概括。他的早期作品，比如《塔铺》和《新兵连》，可以称为“静态关系”模式，关系主要呈现为一种相对静止的状态，彼此之间不会出现大的翻转或转移。比如《塔铺》，写的是参与复习班的几个考友的故事，小说是通过人物之间的关系来展开叙事的，“我”和李爱莲的关系，王全和“我”的关系，磨桌和其他同学的关系，“耗子”和悦悦的关系，等等。正是这些“关系”构成了故事向前发展的叙事推动力。此后，就是所谓的“新写实小说”创作，诸如“官场”系列（《官场》《官人》《单位》）、《新闻》和《一地鸡毛》等。这些小说可以用“动态关系”模式形容，关系本身成为表现的对象，人与人之间的关系呈现一种动态状态。比如《单位》中，小林、女小彭、女老乔、男老孙、男老张、男老何等人之间，他们的关系并不固定，矛盾也始终多变。小林和小彭关系好，会影响其与老乔的关系；老乔与老张的关系，又会影响其与老孙的关系，等等。另外，如《一地鸡毛》中，小林、妻子和保姆之间

① 《通往故乡的道路》，81 页。

的关系也是一种动态状态。妻子的状态好，会影响小林的情绪，而妻子的状态不好，又会影响其与保姆的关系。再如《新闻》，市长和书记之间权力关系的错动左右着京城记者团在当地的待遇变化。

第三阶段，就是所谓的“新历史小说”创作，诸如《头人》和“故乡系列”中的《故乡天下黄花》与《故乡相处流传》，这些则可以称为“恒定关系”叙事模式或“恒定的关系格局”。①小说通过人物之间的固定关系，比如《故乡相处流传》中小刘同老刘的父子关系，白蚂蚁和白石头的父子关系，曹操和袁绍的对手关系，瞎鹿和沈姓寡妇的夫妻关系，六指和柿饼姑娘的恋爱关系等数个世纪的轮回，来表现日常现实的某种真实存在状态。或者通过围绕官位争夺展开的权力关系，如《故乡天下黄花》中围绕争夺村长之位展开的斗争关系，以组织小说情节。村长可以更换，但村长上台后都要烙饼吃，或吃小鸡子（《故乡天下黄花》）或封井和染头（《头人》）。

从关系模式的角度探讨刘震云的小说，有一个好处就是能打破一般意义上的命名或分类。比如“故乡系列”，三部作品虽然写的都是有关故乡的故事，且具有一定程度的互文性（如《故乡天下黄花》与《故乡面和花朵》中的人物和故事有很大的重合），但彼此风格各异，题材也不尽相同。如果说《故乡天下黄花》和《故乡相处流传》属于新历史小说的话，那么《故乡

---

① 《通往故乡的道路》，78页。

面和花朵》则带有后现代主义的荒诞加幽默的属性。对于这种不同，如果从“关系”表现的角度分析，便会发现，把《故乡面和花朵》放在同《一腔废话》《手机》《一句顶一万句》的关联中加以考察或许更为合适，虽然它们彼此间的异要大于同：《故乡面和花朵》与《一腔废话》倾向于后现代式的荒诞，《手机》和《一句顶一万》则深具现实主义风格。就这些小说而言，其关系可以称之为“意指关系”模式。这些小说中，虽然也讲述了一些故事或情节，但故事或情节并不是作者关心的，作者或者说主人公们，所关心的是与语言有关的意指关系，诸如交流、对心和理解，或者通过语言“以言行事”与影响对方。即是说，是这些与语言有关的意指关系，而不是传统意义上的诸如父子关系、夫妻关系、兄弟关系等，构成了小说主人公之间关系变化的关键点。

虽然说“关系”是刘震云小说的钥匙所在，但他关心的与其说是“关系”本身，而毋宁说是“关系”背后的时空意识。也就是说，这里的“关系”首先是一个时空范畴。如果说关系是一种空间形态的话，那么通过这一空间叙事，刘震云所表现或试图表达的其实是有关时间的主题，即时间的“循回”：重复的轮回与永远复归。这在他的“故乡系列”小说比如《故乡面天下黄花》和《故乡面和花朵》中有最为彻底和淋漓尽致的表现。刘震云的小说以其后现代式的荒诞、反讽和内爆式的手法表现出来的其实是最具现代性的颓废主题，即重复的轮回与永恒复归。在这种轮回中，个人无法摆脱重复的困扰，至此，任何所谓的进步、革命和理想，或者说个体、主体等宏大叙事，都显得苍白无力了。

但重复在他那里是有其不同内涵的。即是说，不同的关系模式，对应着不同的重复主题。就其“动态关系”模式而言，比如说《一地鸡毛》和《单位》。这是两部具有互文关系的小说，两部小说人物上相同，都是讲述有关小林的故事，情节上互有重叠，一个写的是公共空间——办公室，一个写的是私人空间——家庭生活。熟悉20世纪80年代小说创作的人，大概都有印象，彼时在对公共空间和私人空间的处理上，其实是颇为不同的。80年代中前期的小说，在这方面形成了两种模式，一种是通过对私人空间的合法性的叙事，建立其非私人性的宏大叙事内涵。这主要以伤痕、反思文学为代表。在这里，通过私人空间的生活描写表现出来的是日常生活的最基本要求，而这样一种要求在“文革”那样的特定年代却被压制和否定，因此通过对日常生活的正面叙事，建立起了启蒙的合法性叙事。私人空间正是在这种建构中变得具有非私人性的。另一种模式是，通过公共空间和私人空间的对照，以完成公共空间对私人空间的改写和转换。这类小说以改革文学为代表，如张洁的《沉重的翅膀》和张贤亮的《男人的风格》。在这些小说中，首先预设了公共空间的宏大叙事内涵及其主体性地位，私人空间作为他者式存在，正是在这种他者式的关系中，完成其空间结构中的边缘化和自我转化。在这两种模式中，私人空间和公共空间是彼此分隔，又互相统一、互为前提的。但在刘震云这里，他所完成的，是对公共空间和私人空间的抹平式处理，它们之间没有任何区别。比如说单位办公室这样一种公共空间，其中的单位人所操持的语言并不具有仪式性，他们的行为举止，也与私人空间中的行止没有任何区别。这也就告诉我们，单位其实是家庭关系的重复，家庭关系是单位关系的重复，彼此构成一种镜像关系，在这当中，人与人之间，自然也就彼此构成镜像关系或者说重复关系。

可以说，正是这后一种关系，即人与人之间的镜像/重复关系，构成了贯穿刘震云小说创作始终的主题。区别常常只在于，刘震云对这种关系的表现角度上的不同。他的“恒定关系”模式中的新历史小说，诸如《故乡天下黄花》《故乡相处流传》《头人》中，历史的历时性的演变，或者主人公的永恒轮回，都只是在或为了表现历史的永恒重复，及其这背后的人与人之间的镜像关系。曹操想搞沈姓小寡妇，袁绍也想搞沈姓小寡妇，曹操与袁绍之间构成镜像关系（《故乡相处流传》）。不管谁当村长，总要烙饼，为了维持秩序，总要实行封井或染布，敌对的双方构成镜像关系（《故乡天下黄花》）。对刘震云而言，历史的反复，并不像陈忠实的《白鹿原》所呈现的翻馅饼——即否定之否定那样，而体现在历史的雷同意义上的反复与重复上。也就是说，在刘震云那里，历史并不是直线向前发展的，也不是非黑即白、非此即彼，而是永恒回归或反复轮回的。历史是反进化的。在这种反进化的过程中，人与人之间，不论是敌友，还是亲友，全都彼此构成镜像关系。即是说，这里体现出来的，并不是什么二元对立式的现代性逻辑，而是“他人即我”式的永恒轮回与颓废倾向。

同样，在他的“意指关系”模式小说中，比如《手机》《一腔废话》《故乡面和花朵》《一句顶一万句》，这些小说虽然风格迥异，但在对人与人之间语言关系的表现上却有其内在的一致性，即人与人之间的彼此的不可沟通或者说彼此间表达和理解的偏差与误读。一方面是表达上的不及物和冗余，即“一腔废话”和“万句”，也即千言万语；一方面是理解上的偏差和移位，即“万句”不抵“一句”。一件事A，当被说出来时是B，通过交流和对话关系的多次转换后，却可能被理解C或D。这就是语言关系，或者说，这就是人的永恒孤独。《一句顶一万句》中吴摩西的孤独，在他的养女的儿子牛爱国那里，得到延续或重复。这是吴摩西的问题，或者说爱国的问题吗？这与对知识的掌握有关吗？显然都不是。他的主人公文化水平普遍不高，大都是引车卖浆之流，对这些人而言，他们虽然不能做深刻的思考，但却同样有理解和被理解的要求，但这样的理解却是不可能的，即使是在最为知心的人那里，也是如此，更遑论至亲之间。比如说牛爱国和杜青海，他们之所以交好是因为性格相投和说话具有互补性。牛爱国遇事没有主见，通过向杜青海倾诉，能把混乱的事情“码放清楚”而得解决或疏导。杜青海遇到烦心事，通过与牛爱国的一问一答的方式，和牛爱国的“几个‘你说呢’”，也能使自己的烦心事“码清楚”。但这也往往只是他们的一厢情愿，因为很多时候，复杂问题虽能“码放清楚”，但对于当事人而言，事情的情境的不同，答案就可能是另外一回事。即是说，他们因为对自己认识不清，才彼此需要的，但也因为对自己认识不清，才发现彼此不能真正“对心”。这是一种自我循环关系。可见，在刘震云那里，表达、交流和理解的不可能，某种程度上，是与作为个体的人对自己的理解和认识的不可能性联系在一起的。比如说牛爱国和陈奎一之间，很知心，都不爱说话，他们从对方那里看到的仅仅是自己的影子，并不能真正认识自己。在这些语言关系模式的小说中，人与人之间的不可沟通或者说彼此间的误读，正源于对自己的不认识和不了解，以及因此而生发的误读与误会。可见，人的孤独，既是一种语言表达和交流的孤独，更是一种不能理解和认识自身的孤独。重复的主题，在这里其实是一种人与人之间孤独关系的永恒轮回的表征。

刘震云的小说中，还有一类比如《我叫刘跃进》《我不是潘金莲》和《吃瓜时代的儿女们》，则可以用“联想关系”模式来概括。这些小说中，个人的命运变迁，被一种偶然间建立的关系所决定。人与人之间的关系，只在联想的或比邻的意义上成立，通常由类似于福柯所说的“交感”作用所推动，“在这里，没有事先确定的路径，没有假想的距离，没有规定的联系。交感自由自在地在宇宙深处发挥作用。它能在瞬间穿越最广阔的空间：它的落下，好比遥远星球上的雷声落在受制于该星球的人身上一样；相反，一个简单的接触，它又能让它产生……交感激发了世上物的运动，并且甚至能使最遥远的物相互接近”①。所以《我叫刘跃进》的43章每章章名才会是一个或两个人名。本来，刘跃进作为一建筑工地的厨子，与“大东亚房地产开发总公司”总经理严格并没有直接关系，这中间拐了好几道弯，就像《吃瓜时代的儿女们》中的妓女和省长之间，和《我不是潘金莲》中的李雪莲和所在省市县各级领导之间没有直接关系一样，但就是这样的截然不同的两个阶层的人群，在刘震云的小说中，却具有了某种密不可分的“关系”，所谓牵一发而动全局，这中间的兜兜转转，曲径通幽，就是刘震云的这三部小说所展现的。但这种联系，与福柯所说的17世纪之前那种建立在神秘的相似性基础上的关系不同，这种关系似乎源自某种偶然和意外。比如说李雪莲，因为老公的离婚骗局，和不愿被诬为“潘金莲”，而不断上访，于是就有了乡县市省和中央级领导，同她之间因上访而建立的关系网络。比如说刘跃进，因为喝酒摸了别人老婆的胸而赔了3600块钱，后来又因一时高兴（撞了大运，到手了几百块钱）对邮局门口卖唱的老头训了几句，结果腰包被“青面兽杨志”偷走，两件事叠合在一起，于是就有了后来的一系列波折，最终也就把自己绕进了严格的事情里去了。

应该指出，这样一种偶然关系，不能简单看成是小说叙事的传奇化手法。传统意义上的传奇化手法，一般是在熟悉的或连贯的有着因果逻辑关系的人物之间发生的叙事进程加速发展

---

① ［法］福柯：《词与物》，上海三联书店，2016，25页。

的结果。但对于刘震云的小说而言，其传奇化却是发生在素不相识的陌生人之间的，因此就不再是传统意义上的传奇化手法，而毋宁说是一种方法论的体现和表征。表面看来，这似乎纯属于偶然，是偶然的事件，使得相隔遥远的或不相干的两个人以及更多的人，通过一个人与另一个人的关系，而建立了关系的网络。主人公的命运也因此而被改变。但若细细分析便会发现，这里面有着巨大的必然性。这是一个失去了总体性的时代，但也是一个关系极其混乱而庞杂的时代。一方面是一个个碎片化的个体，一方面是无处不在、无所不在的关系的网。这样一种悖论，造就了我们这个时代的奇观：亲近的两个人之间——比如说刘跃进父子之间、严格夫妻之间——的关系是咫尺天涯，形同路人，陌生人之间却会因某种偶然的际会而命运相连、休戚与共。这些都是无法还原或重新拼凑成总体性的碎片，它们之间存在一种多米诺骨牌效应：虽无法还原成总体，但彼此间却具有奇怪的联想"交感"关系，任何一件简单的事件，都可以成为连接同一个空间中距离最为遥远的人们之间的连接点。人与人之间的关系的建立，不需要转换，不需要起承转合。人们彼此密切关联着，却又是那么地彼此隔膜，就好像咫尺天涯和天涯咫尺间构成着某种隐秘的镜像关系。

四

一直以来，对刘震云小说的研究，大都偏向于从单个作品或某一类作品出发，即使是作家论的写作，也倾向于从各个不同阶段对其加以定位，视之为发展的不同阶段。这很大程度上都是没有看到刘震云小说创作的整体性和一贯性。刘震云的小说，比如《乡村变奏》和《罪人》等早期作品倾向和风格并不明显，但自从开始新历史小说的写作，作者尝试在一种超越具体历史和现实时空限制（即所谓时空错置和虚化具体时空）的基础上展开思考，这使得他的小说具有了一种整体性的和抽象意义上的象征隐喻色彩。即是说，刘震云可能是中国当代作家中最具有整体意识并有其宏阔构想的“最有‘想法’的”作家之一。[1] 他的作品，虽然彼此风格不一，但有其不同的思考和表现的角度。这种思考和表现的角度，并不一定与时间段的演变相关，而是具有共时性的整体思考。他的作品具有共时和历时的统一。他是从关系的角度试图去把握这个世界；而这种关系的表现角度，还必须放在20世纪八九十年代社会转型期这一历史背景中加以把握。这是社会总体性和宏大叙事坍塌背景下的探讨。即是说，刘震云的思考是与以下这些问题联系在一起的：总体性坍塌后，人与人之间应该建立一种什么样的关系？或者说有无建立的可能？如何建立？通过这种人与人之间的关系的建立，有无重建社会总体性的可能？

在充分认识到重复的轮回与永远的复归和人的孤独处境之

① 孟繁华：《“说话”是生活的政治——评刘震云的长篇小说〈一句顶一万句〉》，《文艺争鸣》2009年第8期。

后，刘震云通过对“关系”的多个层面和侧面的表现，试图展开对社会总体性重建的思考。其思考具体表现为互为前提的三个方面：（一）对自己的重新认识和反思。这是社会总体性重建的前提和重要保证。一个人如不能充分认识自己，便不可能去认识世界，关系的重建就无从实现了。但这个问题，很少被其他作家所重视。刘震云的小说始终围绕着这一系列命题展开：人能否认识自己？如何认识自己？对这一系列问题，虽然他无法提出解决的办法，但他以其对人类根本困境（即孤独处境）的揭示提出了这一命题，仅此而言，就是向社会总体性的重建迈出了关键一步。（二）对名与实或能指与所指的关系的重新辨认。名实关系是认识世界和自我的命题的进一步展开，也是事实得以彰显的重要标志。名实关系如果不能辨认清楚，芝麻能变成西瓜，毛驴便与马没有任何区别，李雪莲也就是潘金莲，五十街西里也就是世界，而这，恰恰是刘震云的主人公们生活世界的真实写照：他们生活在名实关系混乱的世界之中。他通过对名称（或能指）的质问的方式，从正反两个方面（即“我叫刘跃进”“我不是潘金莲”）提出了名实关系的重要性及其重建的命题。对能指或名称的执着虽不一定能带来所指（或实）的重新确认，但这种执着本身就已表明一种直面的姿态，而事实上，正是在这种对“是”和“不是”的不断地追问下，距离这深藏着的所指无疑已无限地接近了。这就是小说的独有力量，也是刘震云的深刻之处。小说不是哲学，它只能以叙事的形式显示其哲学命题及展开的思考。（三）对表达与理解的反思。对刘震云而言，表达与理解可能是他的小说主人公们最为执着的命题（《一句顶一万句》《手机》《一腔废话》），也是最让他们困惑的问题。世界的混乱，常常表现在彼此间的不理解以及所带来的孤独上。而这，与人能否认识自身、表达自身和名实是否相符等问题又是联系在一起的。因此，对表达与理解的一致性的重建，某种程度上构成了刘震云小说社会总体性重建工作的重要体现和落脚点所在。这一重建的企图在其最具野心的《一句顶一万句》中有鲜明的表现。总体性坍塌的时代，人与人之间的孤独式的存在，源自人与人之间的不理解和表达的不及物，而这背后，最根本的似乎还在于人们似乎并不真正了解自己。一个人如果不能认识自己，便不能把握住自己，更不可能拥有世界或正确处理好彼此的关系。或者可以说，人既是社会人，更是自然人，是这两者的辩证统一，构成了人与人之间关系的真正存在和本质，以及社会总体性的重建的秘密之所在。

这里需要指出，刘震云小说的社会总体性重建是建基于对传统社会关系所构成的世界的质疑[①]的基础之上的，他无意于当然也无力去从事解放的或革命的宏大叙事的重建，他所要做的是对人与人之间和人与世界之间被扭曲和变形的关系的“去魅”或还原。其重建工作始终建立在个体的重建基础之上，在这个基础上，才是名与实关系的重建和表达与理解的关系的再造。

① 另参见贺绍俊：《怀着孤独感的自我倾述——读刘震云的〈一句顶一万句〉》，《文艺争鸣》2009年第8期。

从这个角度看，刘震云小说的社会总体性重建工作所要实现的是一种哈贝马斯意义上的具有“有效性要求”的“言语行为”①：通过重新认识自己而达到人与人之间的交往、理解和沟通的可能。这是更高意义上的“关系”。因此可以说，刘震云小说的社会总体性重建某种程度上也是“社会关系”的重建。认识不到这种“言语行为”和“关系”的重要性，就可能陷入刘震云式的迷雾一样的语言和叙述的迷宫中而不知所措。你可以说这是刘震云所制造出来的混乱或迷宫，但如果从更为根本的意义上说，这难道不是社会本身的存在形态吗？刘震云的小说，其全部的复杂、“混乱”、丰富和可能，它的全部秘密，只有从“关系”的表现的多角度入手，才能有深刻的发现和整体的把握。看不到这点，便可能低估刘震云之于中国当代文学的真正意义。

① ［德］尤尔根·哈贝马斯：《交往行为理论》（第一卷），上海人民出版社，2018，352页。

第六讲

贾平凹《废都》与
90 年代文学

在贾平凹的创作历程中，应该说，没有哪一部小说比《废都》（长篇）更充满争议也更让人兴趣盎然了。对于这样一部作品，可以谈论的地方当然很多，而且实际上也远没有穷尽。小说出版后，很受读者欢迎，也遭到了很多人的批评，特别是庄之蝶的形象尤其引来颇多非议。毕竟，小说虽建构了一个世界，但终究不是现实的照搬，而事实上，小说也并不是从完全写实的角度去构思推进的。小说伊始即以西京的异事开头，这其实是预设了一个亦真亦幻虚虚实实的背景，回过头来，再去深究庄之蝶形象的讽刺意义其实十分无趣。

一

贾平凹在小说“后记”中坦言，这是他城里“住罢了二十年”后的第一部“关于城的小说”。在这之前，贾平凹以写商州（《商州初录》《商州再录》《商州》等）闻名，之后又有《土门》《白夜》和《高老庄》等，可见，这篇小说在贾平凹的小说创作中意义重大。他以前写商州的山山水水，是带了城里人的眼光，其虽对城市文明的弊病不无批评，一旦面对乡土世界内心仍不免有某种审视的距离和优越感存在，这在《商州初录》和《商州再录》里有淋漓尽致的表现；而到了《废都》的写作，他却要逃离了都市：他在城市中遇到的现实窘迫使他以一种逃离城市的姿态写作城市，这决定了《废都》中的都市于现实的描摹之外更多了一层象征寓意。

城乡之间的对立，既是中国20世纪以来的现实语境，也是主宰并制约小说写作/想象城市与乡土时的“隐形结构”。已有研究者注意到贾平凹都市小说中的乡下人视野这一维度，而若仅仅看到这种对照，其实并不能真正说明问题。事实上，城乡之间的结构对立，往往只是故事上演的舞台背景，是作者借以思考或表达的基底，重要的是作者站在什么位置，以一种什么身份来思考。就《废都》而论，贾平凹的命题在于对城市之“病”——即“废”——和病城的重生问题的思考；这当然是一种对城市的现代批判，但其显然并非要回归自然，故而就不能简单地视之为乡下人的视角。小说中刘嫂的奶牛形象是一个很好的象征。这是一头会思考的牛，它被买自终南山，供应鲜奶给西京人饮用；它既惊异于都市的繁华，也能一眼洞穿都市繁华背后的颓败；它以来自深山的眼光打量西京，但也清楚这只不过一厢情愿的想象；它怀念深山，也明白这终不过是回不去的从前。奶牛在小说中是以“叙述代言人”的身份出现，作者在这一形象中充分寄予了对城市的矛盾复杂态度。小说的结尾，庄之蝶选择了逃离西京，但并非要回到乡土世界，而是往南方无目的的迁徙。南方，对于彼时的中国人而言，是一个开放的窗口，改革的窗口，创新的窗口，是现代化程度更高的都市。作者选取南方作为庄之蝶逃离文化故城西京的出口，一方面充分表明了南方作为当时集合了中国人所有的热情和对美好未来的文化想象的形象出现，另一方面也表明了贾平凹的内心矛盾。贾平凹身处于八九十年代的社会现实，他的思考显然也不能脱离时代的痕迹，但他又同时表现出对这种“时代精神”和文化想象的困惑。小说结尾，他让庄之蝶倒毙于去往南方的候车室中，表明了这注定是一次没有目的和结果的文化想象。

这种困惑，与他对知识分子及其文学的思考密不可分。作者立意写作一部“关于城的小说”，而又选取庄之蝶这样一个知名作家作为小说的主人公，并以他为轴心实际上编织起一个城市的生活扇面，于此不难看出作者对城市与人文知识分子之间关系的思考。一个城市，可以用各种不同的面向，其表现于小说中尤其如此。有池莉的小市民的武汉，有王安忆的怀旧的现代上海，当然也可以有贾平凹的文化西京。这是一个文化之城，西京深厚的历史文化传统与庄之蝶之间，是一种相得益彰互为镜像，也相互耗损的关系。而事实上，西京的文化既能成就庄之蝶，最终也能毁了他。

虽然说贾平凹是以农民的身份进城，但在他的小说中，却大都是以进城后作为起点展开叙事：进城后的返乡与返城，实际上的或精神上的（如《商州》《高老庄》）。对于贾平凹而言，他始终关心的是城市和乡村之间的位移，也就是说，他的写作是一种典型的空间叙事，空间上的两端的对照与映衬始终构成他的小说的框架，因此他不像东西、孙惠芬和关仁山，会聚焦于农民走向城市的艰难（如东西《篡改的命》、孙惠芬《吉宽的马车》和关仁山《麦河》等），即使是写到农民走向城市，如《浮躁》《遗石》或《高老庄》等，他所关注的也主要集中于农民在走向城市过程中所发生的精神上的裂变。换言之，他把进城的故事虚化处理，是为了凸显和强化进城后的种种表现，以此作为思考的原点或起点，这在他的近作《极花》（2016）中仍复如此。某种程度上，这样的“逆向叙事”构成了贾平凹几乎所有小说的内在结构，显现作者一以贯之的对城市现代文明的持续的反思、质疑和批判。

可见，对贾平凹而言，他面对的是传统向现代的转化问题，以及现代化的反思性命题。这是线性的时空，是历史和现实的纠缠。也就是说，他面对的仍是所谓的现代性的二元对立范畴，他所纠缠和困惑的往往仍是传统的现代转化及其价值的有无等问题，以及情感态度在传统和现代之间游移徘徊。但因立足于西安古都及其代表的文化符码，他的小说虽充满感伤和忧郁，但却少浮躁凌厉之气。最有代表性的莫过于《废都》《遗石》和《白夜》。《废都》和《白夜》虽展现市场经济冲击下发生于人们心态和精神上的巨变，但因小说中输入带有神秘主义色彩的异象，特别是《废都》，更是以一座古城的颓败作为背景，作为结果，是从反面凸显出文化的“崇高”美学价值。而像《遗石》，小说以留守古镇的老父亲同进城当教授的儿子断绝关系的方式，表明其对在进入现代过程中割裂传统的倾向的谴责，这样一种决绝和倔强背后，实在是因为作者/叙述者对传统文化的一种自信和底气，而这，与贾平凹身处西安这一中国千年古都有着莫大的关系。

贾平凹在面对现代与传统的冲突这一类问题时，采用的策略大致有几种。一种以《鸡窝洼的人家》为代表，表现出针对传统旧习俗和旧有生产方式的变革的呼唤，但随后作者发现，传统与现代之间并不截然对立，改革的到来，在带来新的生存方式的同时，也势必摧毁传统中大量的有价值的东西。因此他的很多小说都表现出一种在对改革的呼唤的同时，也流露出针对传统的无奈和感伤之情，这在《腊月正月》《秦腔》等小说中表现明显。另外，贾平凹也注意到，诸如《浮躁》，随着走向现代的过程而来的，是欲望和人性中的邪恶而现实的一面被激发，如何以及怎样重新收束这些“恶”的因素又成为贾平凹的小说创作的命题（如《佛关》）。因此，可以说，贾平凹在面对传统和现代的冲突这一类问题时，大致经历了一个辩证的过程。他既认识到传统的必然消亡和现代的不可阻遏的到来（这在《带灯》中有极为现实而清醒的认识），但他也认识到传统的美的静的一面，以及现代的丑的和非自然的一面。对此，贾平凹通常的做法是采取一种避实向虚的策略，比如说渗入神秘主义的因素，像《废都》《白夜》《遗石》《怀念狼》和《老生》。这是一种在二律背反的无解矛盾中注入神秘主义的因素以试图缓解内心的矛盾冲突和焦虑的策略选择，而事实上，这恰恰也是传统向现代示威和显示其存在的方式，贾平凹以这样一种方式，既能有效缓解自己内心的焦虑，而又能彰显传统的现代价值（如《晚雨》）。

依靠传统是贾平凹成功释放自己的现代性焦虑的方法，这使他常常在一种山穷水尽后迎来一片灿烂天地。应该说，贾平凹的这一认识过程和叙事策略，代表了中国作家在面对现代和传统的冲突时所可能采取的策略和选择。

相比之下，王安忆则没有贾平凹那么幸运了。首先，她的背后没有深厚的文化传统可供依托。她的小说几乎都是围绕上海展开叙事，即使是像《黄河故道人》这样的早期长篇，也都以上海作为参照，而像散文写作，也都对其念兹在兹，为此还出版过一本署名《寻找上海》的散文集。她之所以不断指涉有关上海的写作，都一再表明，上海在她那里与其说仅仅是一个背景或远景，而毋宁说是必须以不断的书写所应加以填充的对象物：上海在她那里实在是一个空缺和滑动的能指。上海之于王安忆虽然得天独厚①，但也同时是一个巨大的压迫，近现代以来上海的繁华与隆盛始终构成她的写作的“影响的焦虑”对象，以对立于她的革命身份，正如黄锦树所说的“‘同志’是一九四九年以后革命果实带来的新兴族类，他们其实是这本小说（即《纪实与虚构》——引注）真正的主人翁……他们的特点在于：是都市、文化、历史的孤儿”②。当然，这并不是说上海本身的空缺，而只是表明上海与王安忆之间的紧张关系。“对上海的疏

① 参见王德威：《海派作家，又见传人》，《跨世纪风华——当代小说20家》，台湾麦田出版，2002，39页。

② 黄锦树：《意识形态的物质化——从〈纪实与虚构〉论王安忆》，见黄锦树：《谎言或真理的技艺：当代中文小说论集》，台湾麦田出版，2003，151页。

离感与陌生感使王安忆把上海作为一个观察和寻找的客体，从而寻找自己与这个城市和世界的关联”①。对贾平凹而言，西安在他笔下，既是西安又不是西安。这一似与不似，具体而抽象的关系，某种程度上源自西安所代表或象征的文化传统。而对于王安忆而言，上海则是必须要不断言说和不断建构的，这在王安忆在书写形塑上海时用得最多的“是”字句中有其鲜明的表征。诸如“上海的弄堂是性感的”②，“上海的甚嚣尘上，内里就是这铿锵之响，倘若不是它们，上海的光色便都是浮光掠影”③。“即便是上海的寺庙也是人间烟火，而北京的民宅俚巷都有着庄严肃穆之感”④，等等，不一而足。在这里，“是”的后面所显示出来的与其说是有关上海的属性的一部分，而毋宁说是判断和言说。王安忆所要做的正是通过这无以计数的“是”字句来建构有关上海这一滑动能指的具体所指。

关于这一点，通过比较王安忆和张爱玲的异同亦不难看出。对于张爱玲的时代，她虽然写的往往都是有关上海和香港的双城故事，但她所面对的问题也仍旧是传统和现代以及中国和西方的矛盾。因此，张爱玲的小说尽管透着苍凉，但并不暗藏焦虑。究其原因，她所面对的问题，与更早的废名、沈从文，更后的贾平凹、迟子建们的乡土文学或乡镇写作并没有本质上的不同。相反，

① 高秀芹：《都市的迁徙——张爱玲与王安忆小说中的都市时空比较》，《北京大学学报》（哲学社会科学）2003年第1期。

② 王安忆：《无言独白》，《寻找上海》，学林出版社，2001，167页。

③ 王安忆：《主人的天空》，《寻找上海》，123页。

④ 王安忆：《上海与北京》，《寻找上海》，108页。

王安忆的小说，虽然弥漫着温馨而感伤的怀旧，但怀旧的背后却是虚无和无所适从。这里的原因，似乎还是与时间有关。在张爱玲生活的时代，上海还处于一种中西文化碰撞的语境下，张爱玲虽然对感时忧国的主题无甚兴趣，但中与西、传统和现代之间的冲突仍旧是她所必须面对的课题。而在王安忆的时代，特别是90年代以来，她所置身于其中的则是一个全球化的大都市，全球化时代的新的课题对她的文学性格的形成有着莫大的关系。

王安忆在《伤心太平洋》中有这样一段分析她父亲一家的性格渊源："我发现我们家的男性全无宗教的始终如一的素质，他们随心所欲，意志脆弱，还有那么一点莫名其妙，使我们家陷于混乱。这其实是一种游移失所的性格，是一种典型的移民性格，没有家园。"综合考察王安忆的创作过程，可以肯定，这段话用来形容作者自己其实十分恰当。王安忆以革命主人的身份进入上海，却时刻感到自己是一个外乡人："很久以来，我们在上海这城市里，都像是个外来者。"（《纪实与虚构》）这样一种疏离异己感，只有放在90年代以来的全球化语境上才能理解。全球化在空间上的最明显特点就是制造出空间上的等级和所谓全球化中心城市，像纽约、伦敦、巴黎、东京、香港、北京、上海，等等，以及所谓的"全球空间"和"地域空间"① 的

① "全球空间"和"地域空间"这两个范畴借自于斯图尔特的《解析全球化》，吉林人民出版社，2003，54—60页。另参见德里克的《跨国资本时代的后殖民批评》，北京大学出版社，2004，106—166页。德里克提出的"全球/本土的交叠"，以及"全球的本土化"与"本土的全球化"的双重进程等说法，很富启发性。

分野。这样一种空间等级秩序，也就决定了空间上的固定的流动线路图，即所谓从乡村到城市，由地方城市到省会，再是全球性大都市。但另一方面，又存在着一种精神上逆向的过程，即随着从地方性空间向全球性大都市的流动而来的，是更加明显的空虚和焦虑，无家可归之感日趋强烈，这时精神上的返乡和对更高层次上的精神家园的追求，就成为全球化时代的主人公们的精神史的写作。

二

《废都》虽写于1992年至1993年间，但故事的发生却在80年代末，对于这种时间上的落差，历来并不为研究者所关注；因为毕竟，对于任何一部小说的写作而言，这一情况始终存在。但问题是，80年代末同90年代初，这在当代中国的思想文化界，却是翻天覆地地变化的几年，其在小说的折射并不是可以忽略不计的。

今天的读者想必会对书中庄之蝶与众多美女的艳遇及其所受的大众崇拜困惑不已，或许反以为是作者的极度自恋使然，但对80年代的过来人来说，这却是文化记忆的一部分：80年代的文学黄金时代随着90年代的到来早已一去不返。这种转型的原因当然有很多，从这个角度来看小说，其表现出的转型时代的症候性无疑相当明显。就像小说中多处出现的“□□□□”，这些空白既表明了需要读者的想象去填补，其实也可视为时代或社会的症候，只有联系了小说的故事背景及写作时间才能更好地辨明。

小说的创作当然不是论文写作，虽然尽显了时代的巨变，但却只能是从精神的角度入手。即如作者卷首的声明：

> 情节全然虚构，请勿对号入座；
> 唯有心灵真实，任人笑骂评说。

这对解读小说十分关键。小说虽然写的是“心灵”上的“真实”，尽可以从象征的角度加以理解，情节上也“全然虚构”，但作为情节置身于其中的时代背景却是真切而触手可及的。时代的巨变应折射于内心“心灵”，特别是敏感而脆弱的知识分子内心，必会惊起惊涛骇浪。小说的主人公庄之蝶就是这样一个人物，书中出现的屡次痛哭流涕，即是他内心敏感多变的明证。而事实上，庄之蝶这一内心的波动却是现实促成的，细言之，是现实逻辑推动下的庄之蝶的言行和环境促成的。他先是允偌把柳月许配给赵京五，后又为了官司转而介绍给市长的残疾儿子；龚靖元赌博入狱，他一方面假意言救，一方面却乘机把他家中大部分古玩字画以凑赎金为由据为己有，最终导致龚靖元出狱后的精神失常及死亡；他为了可观的润笔费给 101 农药作宣传，却不问产品是否实至名归。现实的利害及欲望的驱使，往往使庄之蝶身不由己，而事实上他又想在精神上保有自己的追求和向往。他的每次忏悔和痛哭——如对唐宛儿和阿灿——也确乎十分真诚，这就造成了庄之蝶的分裂人格：他的精神上的向善与他的实际上的趋恶，使得庄之蝶始终处于矛盾之中不能自拔。他的最后逃离就是不可避免的选择了，但逃离并不能真正解决问题，而只是困境的悬置和延宕。这样来看，逃离中的猝死或许就是最好的结局和解决了。

对于《废都》而言，时代的转折及其引起的错位还在文学的社会影响的表现上得到呈现。《废都》以它的文本形式在在见证了文学“轰动效应”如明日黄花般凋零，及其市场化的象征。小说中因周敏一文而引发的“景雪萌事件”就是一个极好的象征。这是一篇表现西京名人庄之蝶和官员景雪萌之间似有实无/似无实有的恋情的纪实文学作品，最后却成为商业炒作的象征资本。名人趣事竟至成为八卦，这一“炒作”事件于此时当下见怪不怪，但彼时彼地的当事人庄之蝶却是毫无心理生理上的准备，其最终的身心疲惫几近崩溃，只能从时代的转折和过渡中得到解释。庄之蝶的悲剧正在于，文学的时代遭遇市场社会的冲击下的猝不及防和进退失据。文学如不能很好而迅速地适应或调整，只能像庄之蝶般堕落，或如“馒头事件”中的文学爱好者般沉沦底层。倒是像阮知非们，一旦没有了精神的坚守或操守，艺术便也能服务于市场或与市场沆瀣一气了。

文学与市场之间，向来是一个诉讼纷纭的命题，人们对此各有其不同的观点，很难说孰是孰非。就八九十年代中国社会的转型而言，这一问题尤为复杂。这里首要的背景，是 80 年代的文学盛世。80 年代的中国，是一个精神理想极度高扬而物质经济层面却相对贫乏的社会，这一状况的集中呈现便是文学的奇特而畸形的繁荣。其中一个十分显著的事实是，中文系是当时的大学生们竞相追逐的首选，从柯云路的《新星》《昼与夜》《衰与荣》等小说中也可看出，从事写作是当时的一项时髦而荣耀的事情，小说中省委书记的女儿顾小莉，县委书记李向南的办公室主任康乐都是这类人群。文学爱好者在当时的社会，其独特的意义并不在于经济的层面，而更多与一种社会认同有关，经济上的考虑并非他们的主要诉求。但问题是，随着八九十年代的社会转型，一方面是社会经济和物质上的越来越繁荣，另一方面是文学的迅速边缘化的大势所趋，社会的发展，使得任何忽视两者之间的距离都已不再可能，在这种情况下，文学与市场之间的关系才真正引起并进入人们的视野。

而事实上，在小说中，时代的转折也在文化/文学的功能中得到呈现。小说中，庄之蝶等文化名人们为西京的发展向市长献计献策，其中关键一条，即文化搭台、经济唱戏。这种把文化和经济耦合在一起的做法，显然非 80 年代的中国社会所有。刘震云的《一地鸡毛》（中短篇）、王刚的《月亮背面》（长篇），以及池莉的“汉味小说”，等等，形象生动地表现了文学理想破灭后知识分子的困惑彷徨，以及如何投入市场的过程。在这些小说中，文学/文化是同市场背道而驰的，要么文学，要么市场，两者不可兼得。这里的逻辑是，文学的坚守，意味着贫穷困顿，市场则相反。而在小说《废都》中，文化/文学与市场之间的关系则似有不同。如果说，《月亮背面》等表现的是文学与市场的格格不入的话，《废都》中文学/市场间则是一种亲密合作的状态。应该说，这两类作品都表现了社会的转型期文化/文学的奇特位置。对于《废都》来说，其意义尤甚。这当然是因其与象征的融合。西京作为中国历史文化名城和重镇，自有其不可替代的象征意义。小说选取这样一座城池作为故事的背景/前景，而又取名“废都”，其寓意自不待言。

另一方面看，这种对文学与市场间关系的思考，又是同他对知识分子使命和命运的困惑，以及文化传统的现代困境联系在一起的。这其实又是一部知识分子/文化的“废都”，庄之蝶之无所事事无所作为正是这最好的例证，他一方面受着极好的社会崇拜，另一方面其实又极度的无能（性无能只是这一无能的表征），他内心情感的丰富与他的无能恰成对比，而事实上，情感的丰富恰是他无能的表征。情感丰富既是知识分子的财富，又是他们的软肋，一旦遭遇80年代文学时代的终结，以及90年代社会现实与内心的分道扬镳之后，知识分子命定的结局就不难想象了。庄之蝶的暴毙于候车室实际上也成为90年代知识分子的一个隐喻和象征：庄之蝶的分裂及其命运，其实已然预示了90年代知识分子的分裂——人文精神大讨论即是这一分裂的标志性事件——及其不同走向。而这，是否正是这座文化名城的命运的象征，对此我们不得而知。

三

虽然说贾平凹和王安忆的文学风格迥异，但若从福柯意义上的“知识考古学”的角度看，对他们的创作起支配作用的“认识论基础”① 仍旧是现代性意义上的个体的位置及其“小我”与“大我”的群己关系问题。这是自近现代以来困扰作家们的宏大问题，这一问题随着“文革”结束以来的改革开放，以及随之而来的全球化进程而显现出不同于现代中国的特征。就现代中国的文学写作而言，个人往往与感时忧国的主题联系在一起，所谓启蒙和救亡的主题是个人所必须加以面对和思考的。而对于当代，特别是 80 年代以来，这一主题则发生了大的变化。虽然说，80 年代曾被视为“五四”启蒙的重启或者说第二次启蒙，但这一次的启蒙在 80 年代中前期却是在“现代化”的宏大叙事的背景下展开的，也就是说，有关启蒙的议题很多时候是被糅合进有关“现代化”的时代主题中展开的，这对那些从农村走向城市的作家而言特别如此。从农村走向城市，这不仅仅是一种空间上的位移，更是一种从边缘走向时代中心的开始，贾平凹、路遥是其典型。贾平凹没有沿用“文革”后曾一度流行的“野蛮和愚昧的冲突”的简单对立模式，这与他的身份有关，他是从农村走向城市，没有太多的苦难记忆（很多时候都是作为远景出现），因此，有关启蒙和现代化的命题被他置于城市和乡村间的对立中表达。在这一框架内，所谓个人并不仅仅是个体，而更是历史主体。他是在一系列相对简单的二元

① “认识论基础”是福柯提出的一个重要范畴，参见［法］福柯：《词与物》，200 页。

对立的框架内展开思考，诸如城与乡、传统与现代、贫穷与富裕、历史与现实、文明与自然等，而这些与他作为一种知识分子身份的自觉意识是联系在一起的。也就是说，他是以知识分子的身份——叙述者和主人公——参与到对这一系列问题的思考中的，所以知识分子的身份既是他的自我期许，也是他始终所着力塑造的人物群像。而在这一群体中，他所反思或聚焦的，也并非知识分子自身处境的焦虑，更多的是知识分子在面对现代化的发展时遇到一系列矛盾时的犹豫、动摇与坚守的问题，是知识分子的自我启蒙。对于他而言，他采取的策略，往往是通过释放传统文化或者重塑传统文化以增强他的自信，换言之，他是以文化上的传统力量来重塑知识分子的身份认同的。因此，在他那里，知识分子往往具有一种群体的身份，个人性或个体性并不强，也就是说，他的知识分子主人公往往可以从象征的角度去理解，或者是不合时宜的，或者是悲壮的，等等。

这里的对照很值得玩味。王安忆在上海成长，但却始终感觉是上海的外乡人，贾平凹以农民的身份进入西安，但并没有把西安视为外乡。对贾平凹而言，他是以成为西安的主人的身份和目标进入西安的，其在《高老庄》中表现就很明显。这是另一种意义上的“农村包围城市”。但对王安忆而言，问题却似乎是有关上海的身份认同危机问题。长在上海，并没有带给她作为上海人的自豪，相反，倒更像无家可归之人。为什么无家可归呢？显然，问题应该是在有关上海的文化认同的内在缺失上。她只是作为1949年建国后随解放军进入上海的新一代上海移民，新一代移民虽然占据了上海的上层，但作为上海的更广泛更深厚的中下层却被上海的老市民所占据。随着全球化时代的到来，激起怀旧之风的风靡，所激起或重新激活的其实是民国时候的上海，而非 1949 年之后的上海，这一错位造成了王安忆身份认同的内在焦虑。可见，对于王安忆而言，其内在身份的焦虑始终与上海的当代变迁联系在一起。而对贾平凹来说，问题则似乎是传统向现代的转化问题，是农民身份向城市市民身份的转换，是知识分子的进城故事。表面看来，它们指涉的问题并不在一个层面上，但其实都是现代性的空间流动下的产物，只不过因为他们各自身份的不同，所面对的问题域不同，因而因应的方式不同罢了。

第七讲

王安忆《长恨歌》与当代都市叙事

“王琦瑶的传说是海上繁华梦的景象，虽然繁华是旧繁华，梦是旧梦，可那余光照耀，也足够半个世纪用的。”

——《长恨歌·阿二》

中国当代文学向都市的“转移”，反映出中国当代社会、当代政治以及当代生活领域所发生的新现象和新变化，而文学似乎也随之发生着变化。

如果单就文学书写的地域空间而言，晚清上海文学所推动的以上海这座近代意义上的都市为文学书写对象、题材及主题的热潮，其实在进入到“五四”新文学之后，很快就退潮了，取而代之的，是一种更富于作家个人主观性以及都市政治叙事的新文学——都市与人的关系或许并没有发生多大的改变，但都市与文学的关系，从晚清到五四，却发生了显而易见的重构，至少从五四新文学这一脉络来看是如此。这种现代都市的文学叙事与审美，因为茅盾《子夜》的出现而又有所调整。

《子夜》的写实主义风格，几乎一下子唤醒了人们对于晚清上海文学中强烈的时代感、写实性以及揭露阴暗面的印象记忆。上海这座城市的都市性似乎重新得到了关注与重视。对于都市空间和都市世界的“空间性”与“世界性”的认知欲望，也在文学文本中重新得到了回应与满足。就此而言，《子夜》不仅牵连着西方现实主义、自然主义的文学书写传统，而且与晚清以降中国本土以上海为书写对象的丰富而驳杂的文学实践之间，亦有着不应忽略的关联，同时还与20世纪初期从西方世界溢出、正在全球范围内扩散的资本主义经济和文化批判有所关联。与《子夜》在写作时间上前后大致相近的，还有来自左翼文学对于都市上海的批判性叙述，也有从所谓“新感觉”的经验与审美角度，对人与都市之间的关系进行更富于现代意味和色彩的艺术表现的文学探索。所有这些，从不同层面和角度，极大地丰富了上海文学的20年代与30年代，并为文学史贡献了“海派文学”这样一个其实有些含混的概念和一种不乏内部张力的文学传统。

或许是因为茅盾的上海书写经验中，试图整合都市全景式叙事的计划过于宏大，亦或者对于小说的叙事与审美有了几乎完全不同的认识与选择，张爱玲的上海叙事，呈现出与茅盾及其《子夜》迥然有别的个人风格——一个基于个人经验、近距离视角及有限空间的都市叙事，成为20世纪40年代上海形象在现代文学中的一种新的建构方式。在张爱玲40年代有关上海的小说文本中，并不多见的长镜头，基本上也不是为了物理性地呈现这座都市的空间景观，而是拉长这座城市其实并不久远的历史和时间记忆

而这种主要基于作家个人风格的调整或“转向”，在进入到

50年代以后，逐渐为一种集体性的书写意识及实践行为所代替，上海这座都市在当代文学文本中的形象，渐趋固定与统一，直到80年代，尤其是90年代以来，这种局面又发生了明显改变。其中王安忆的长篇小说《长恨歌》，无疑是一部在晚清以来书写上海的文学文本谱系中令人印象尤为深刻的代表性作品。

上海作为一种文学意象

马来西亚的《星洲日报》曾将“第一届世界华文文学奖”授予王安忆，并对其《长恨歌》有如此评价：

> 王安忆的《长恨歌》，描写的不只是一座城市，而是将这座城市写成一个在历史研究或个人经验上很难感受到的一种视野。这样的大手笔，在目前的世界小说界是非常罕见的，它可以说是一部史诗。

没有人会忽略《长恨歌》这部长篇小说与上海文学和当代中国文学之间的紧密关联，当然更不会忽略它与上海这座现代大都市之间的紧密关联。

这部作品既在文学上回应着与上海这座城市有关的几乎所有汉语中文的文学书写，并成为这一还在不断壮大丰富之中的书写构成中的一种，同时，它也是中国当代文学史上具有里程碑意义的一种文学存在——当王琦瑶这样一位曾经的“上海小姐”，取代上海这座城市而成为《长恨歌》的主题之时，王安忆的上海叙述与都市审美，只轻轻一下就解构并超越了那些围绕着上海这座城市所堆积起来的种种描述：不是城市，而是人，而且是一个生命有足够长度的人，而且是一个女人，一个真正活着的个性十足的女人。上海这座城市在晚清以来的文学书写中，亦因此明确地获得了一个性别身份，这个身份的获得，与其说是为了某种性别政治，还不如说就是为了文学本身。《长恨歌》通过王琦瑶这个人物形象，而获得了观察、体验并书写上海这座城市的一个富于生命感的鲜活视角和看上去源源不断的创作灵感。同样是通过王琦瑶这个人物形象，《长恨歌》轻而易举地完成了将与上海这座城市有关的都市空间，转换成了一个个体生命的生活之地，亦将时间转换成了岁月——王琦瑶成为“上海”这座城市的一个必不可少而且具有无限可能的“转换器”或“万向节”，通过她，上海在空间形式上的不可捉摸与时间意义上的漫无边际，似乎都一下子得到了具体落实，融汇在一个具体而鲜活的生命体里，成为极为确切的实在，甚至具体确切得有些过于琐细。而《长恨歌》的文学叙述，就是从由王琦瑶所开启的这种细枝末节式的都市体验与时间记忆倒溯完成的。

换言之，《长恨歌》中对于上海这座城市的文学叙述，是通过王琦瑶这个人物形象得以完成的，无论是空间上抑或是时间上皆是如此。对于离开了王琦瑶的上海，《长恨歌》似乎并没有表现出格外的兴趣。

> 站一个至高点看上海，上海的弄堂是壮观的景象。它是这城市背景一样的东西。街道和楼房凸现在它之上，是一些点和线，而它则是中国画中称为皴法的那类笔触，是将空白填满的。

这是《长恨歌》的开篇，一种基于空间视域的宏观感，但《长恨歌》并没有沿着这一视角或者宏观感进一步展开，而是很快将以上海为中心的观照与叙述，转换为以王琦瑶为中心的上海的观照与叙述。

> 上海的弄堂是形形种种，声色各异的。它们有时候是那样，有时候是这样，莫衷一是的模样。其实它们是万变不离其宗，形变神不变的，它们是倒过来倒过去最终说的还是那一桩事，千人千面，又万众一心的。

这也是《长恨歌》的开篇，一种基于时间记忆与印象中的体验感，以及时间的岁月化进程中对于时间的空洞一律的概括的否定与挑战。

实际上，《长恨歌》就是在上述的空间感与时间感的交织中，或者说在空间变成地方、时间变成岁月的过程中，推进着对于人物、故事、命运的描写刻画和演绎叙述的。

不妨先来看看《长恨歌》对于王琦瑶的生活空间或地方的选择性叙述：从弄堂到爱丽丝公寓再到平安里。或许因为弄堂时期的王琦瑶，不过是上海成千上万弄堂里的女生中的一个，所以弄堂的名字干脆也就省略掉了，但住进爱丽丝公寓的王琦瑶，显然已经是一个有身份地位的不可替代、不可忽视的人物——“沪上淑媛”“上海小姐”“三小姐”，另外再加一个公开不得的李主任的包养情妇——就跟王琦瑶这名字本身已经超出了王琦瑶这个人一样，公寓的名字也是必须要有的，不再是可有可无。也从这里开始，王琦瑶生活的空间，也变成了一个具体的有名字的地方：爱丽丝公寓。只不过，爱丽丝公寓就跟王琦瑶的“上海小姐”这一头衔一样，不过是一种转瞬即逝的荣耀，但它又是真实的，哪怕在后来的时间转换成为岁月也就是王琦瑶的个人时间的记忆之中，这种真实发生过的荣耀，早已经变得支离破碎，但却依然真实地存在着，就跟王琦瑶的五斗橱中的雕花木盒一样真实。而王琦瑶可能并不愿意承认的一个事实是，当“上海小姐”王琦瑶成为爱丽丝公寓里的王琦瑶的时候，王琦瑶对于“上海小姐”的理解，似乎早已经随之而发生改变了——从上海成千上万个弄堂走向“上海小姐”的王琦瑶，跟从“上海小姐”走向爱丽丝公寓的王琦瑶之间，是上海这座都市的两种现实，也是两种真实，只不过王琦瑶看似都是理直气壮地认同并接受这样的现实与真实的。王琦瑶这一形象的逸出性或超越性，在这里得到了一定体现。

而王琦瑶命运和性格中的这一特质，都与上海这座都市紧密相关，也因此，《长恨歌》中第二部从“邬桥”到“阿二”这四章，一方面似乎显得可有可无，不过是快节奏的都市生活的一种放缓或调剂；另一方面似乎又让人觉得意味深长。邬桥即便如叙述者所言，是专供避难或者具有彼岸和引渡的意味，但王琦瑶的邬桥之行，又实在很难说真有多少避难的必要。不过邬桥也就此而成为王琦瑶的生命中在上海之外的唯一他乡异地，除了上海，王琦瑶一生中并没有去过其他地方。而即便是他乡异地，其实与全无干系的他乡异地也不一样，因为这里是王琦瑶的妈妈和外婆的家乡。

小说中王琦瑶的邬桥之行，如果纯粹从自然地理或者汉语中文的文学传统来看，似乎带有某些荡涤、沉淀、净化甚至提升的隐喻，但实际上又并非如此，邬桥在王琦瑶的生命中，已经无法具备或者体现出这样的功能，它只是王琦瑶上海人生的一个可有可无的过站，远不够来平衡她的都市人生的分量。不过，离开了邬桥重返都市的王琦瑶，却开始将"上海"视之为上海，而在此之前，尽管她已经有了"上海小姐"的名头荣誉，她和上海之间的关系，其实依然是建立在自家所在的弄堂、蒋丽莉家的别墅、爱丽丝公寓这些具体的地理空间之上的——邬桥的短暂修养，让王琦瑶获得了一种在上海之外回味、体验甚至重新观察上海的机会，并以一种自我刷新的心态而重返上海，那时候，王琦瑶似乎获得了一种与她的"上海小姐"名头足以匹配的自我力量。在王琦瑶的前半生中，从弄堂到爱丽丝公寓，是因为"上海小姐"，而从邬桥到平安里，却又是因为上海。如果一定要说邬桥之行在王琦瑶的生命中留下了什么，那就是"平安是福"这一明哲保身的处世哲学在她后半生的落地生根。

如果我们将《长恨歌》置于晚清以降上海都市空间的文学叙事文本的系列之中，亦会发现这部小说的独特之处——在“上海小姐”这一组照片的拍摄者程先生内心深处，所催生激发出来的，恰恰是上海这座城市生活的“流行”与“时尚”潮流所要淹没的，没有谁会去真正用心地关注并发现日常生活的上海，尽管日常生活不仅作为一种生活就在每一个人的周围，而且作为一种生活方式和生活美学，亦支撑着上海这座大都市的每一个日夜。而无论是王琦瑶还是《长恨歌》，对于这种日常生活的美学，似乎都有着非比寻常的好感。

> 陈列王琦瑶照片的照相馆前，他只去过一回，而且是在夜间。人车稀少，灯光阑珊，第四场电影也散了。他在照相馆橱窗前站着，里面那人又近又远，也是有说不出的滋味。橱窗玻璃上映出他的面影，礼帽下的脸，竟是有点哀伤的。他双手抄在西裤口袋里，站在无人的明亮的马路上，感到了寂寞。在这不夜城里，要就是热闹，否则便是寂寞里的寂寞。

这段文字，在晚清以降的那些极尽上海这座城市的繁华与喧嚣的文学中，显然并不多见，它也因此显得有些特别，当然也因此而有些孤单冷清——无论是程先生，还是照相馆橱窗里的王琦瑶，上海的热闹或许可以淹没裹挟一切，但在当时当地的那条“无人的明亮的马路上”并“感到了寂寞”的程先生，却显然成为那天晚上上海这座不夜城里的“这一个”，这多少有点像曹禺《雷雨》中初到上海的“在乡下住久了的男人”方达生——程先生的杭州背景，似乎也有将上海与杭州这两座城市之间的差异略微放大以夺人耳目的意味，但似乎又不尽然。

时间与人物的命运感

多少与上述空间转换意义上的命运感相关，《长恨歌》的时间叙述，同样充满了与时间相关的命运感。这种命运感，首先是与王琦瑶个人生活的体验有关，这一点，尤为明显地体现在王琦瑶临死之前的那一幕幻觉之中：

> 王琦瑶眼睑里最后的景象，是那盏摇曳不止的电灯，长脚的长胳膊挥动了它，它就摇曳起来。这情景好像很熟悉，她极力想着。在那最后的一秒钟里，思绪迅速穿越时间隧道，眼前出现了四十年前的片厂。对了，就是片厂，一间三面墙的房间里，有一张大床，一个女人横陈床上，头顶上也是一盏电灯，摇曳不停，在三面墙壁上投下水波般的光影。她这才明白，这床上的女人就是她自己，死于他杀。然后灭了，堕入黑暗。

《长恨歌》第一部“片场”，是王琦瑶一生命运的一个拐点，尽管她后来的“上海小姐”名头并不是直接来自“片场”，甚至与片场并没有什么直接关系，但它对王琦瑶一生的命运，却产生出一种神秘的隐喻：表演性、被观看与死亡结局。事实上，从获得“上海小姐”称号开始，尤其是从邬桥重返上海之后，王琦瑶几乎就是以一种潜隐的方式来安顿自己的日常生活，上海其实已经不是她正常生活的空间，而更像是她的隐身之地，即所谓“大隐隐于市”。但一个不能回避的事实是，王琦瑶似乎也一直试图摆脱这种被看的命运，重新回到“上海小姐”之前的自己和生活中，不过她有时候好像又乐于自己曾经的“身份”隐秘被窥破，至少这种时候她并没有任何刻意的回避否认，甚至也没有以更低调的方式来隐藏自己的过去和历史。而王琦瑶“横死”——一种意外的死亡之前，实际上已经完全放弃了自我隐藏的意图和方式，在一个由她自己所营建的小圈子里，事实上成为并享受着“上海小姐”这一身份的“真实”生活，而不是隐藏这一身份之后的普通市民生活。而王琦瑶的两种命运感——上海小姐及横死——似乎在她死之前四十年的那一次到片场参观之时均已见过，只是当时她并不清楚那就是她自己的命运结局。换言之，《长恨歌》并没有让人物被这样一种命定——无法摆脱的咒语或者令人惊悚的告诫——所掌控，尽管看上去却往往给人这样一种印象和感觉。

而小说中的这种叙事，至少亦让王琦瑶这个人物，获得了足够的立体感、生命感、现实感与真实感。实际上，《长恨歌》的文本中，并看不出有听任上述这种命定论弥散开来，成为一种足以左右人的命运的不可抗逆的神秘存在的意图，否则以王琦瑶的出身和家境，最终竟然能够在“上海小姐”的竞选中脱颖而出并荣获第三名，就显得有些突兀。不过，文本中又屡屡出现关于实在与幻想一类的文字描写，一方面在建构关于“上海小姐”的都市市民的世俗共识，另一方面又在通过个人性的经验发现或人生感悟，来解构这些所谓共识，并揭示其虚妄与一厢情愿。

《长恨歌》中类似的文字不少。譬如通过对于程先生摄影爱好的描述，为读者提供了一种有关镜头前与镜头中的人物形象的“真相”：

> 他从来没有过意中人，他的意中人是在水银灯下的镜头里，都是倒置的。他的意中人还在暗房的显影液中，罩着红光，出水芙蓉样地浮上来，是纸做的。①

这里所谓“倒置的”与“纸做的”，似乎都在揭示并提醒人们通过照片所获得的“真像”，不过是一种“假像”，但这些“假像”，却又可能反映出某种关系的“真相”，那就是“那些明星、模特儿确实光彩照人，可却是两不相干，你是你，她是她的”。

但王琦瑶却极有可能是一个例外。尽管她在镜头中也是“倒置的”，也经过了“纸做的”显像过程，但照片中的王琦瑶，与那些明星、模特儿却大有不同，她“入人肺腑”，就连她照片

---

① 王安忆：《长恨歌》，人民文学出版社，2004，本书凡引该小说的内容，均出自此版本。

中的光，“也是仔细贴切”，以至于照片中的王琦瑶“像是活的，眸子里映着人影，衣服领子都在动似的”。

毫无疑问，上面这种印象或观感，首先是属于照相机的，某种意义上，也是属于程先生的。不过程先生是清楚镜头中的人像是“倒置的”，并还要经过“纸做的”这一环节，才会呈现在人们眼前。也就是说，作为照片的拍摄者，程先生自己是清楚照片的拍摄和制作过程的，但那些只看到照片的人，对此并不会像程先生一样清楚。对于他们来说，照片就是真人，而不只是“人像”。《长恨歌》中对于照片的这一解读本身，无疑可以作为小说中人物命运的另一种形式的隐喻。

而《长恨歌》似乎在不断通过类似叙述，来“澄清”“真”与“幻”之间的关系，或者与此有关的人物命运及命运感。但它又并没有完全地否定和排斥“幻”，就跟它也并没有急于去肯定“真”一样。如果说王琦瑶是程先生完成“真”与“幻”的转换和制作所必需的一个“活的道具”，程先生自己未尝不是这一制作过程中最理想的“中间人”，他不仅是整个拍摄过程的完成者，而且也是一个为这一痴迷爱好所“影响改造”的人，他借助于照相机镜头“制作”相片中的人，同时他自己，也被照相这一工作“影响改造”，无论是他的人还是他的生活，已都与照相这一工作如此“贴切”，从一个曾经的空洞飘浮的“摩登青年”，到一个矢志不渝的痴迷者：

兴许是见的美人多了。这美人又都隔着他喜爱的照相镜头，不由就退居其次了。程先生几乎都没想过婚娶的事情。杭州的父母有时来信提及此事，他也看过就忘，从没往心里去过。他的性情，全都对着照相去了。他一个人在这照相间里，摸摸这，摸摸那，禁不住会喜上心来。每一件东西，与他都有话说，知疼知暖的。

如果说这段文字，还只是对于程先生与他的摄影爱好之间表层关系的描述的话，下面这段文字，则是对程先生为什么能够拍摄出“像是活的”的王琦瑶照片的极为清楚的说明了：

自从迷上照相，他便不再是个追求摩登的青年，他也逐渐过了追求摩登的年龄，表面的新奇不再打动他的心，他要的是一点真爱了。他的心也不再像更年轻的时候那样游动飘移，而是觉出了一点空洞和轻浮，需要有一点东西去填满和坠住，那点东西就是真爱。现在，表面上看来，程先生还是很摩登的，梳分头，戴金丝眼镜，三件头的西装，皮鞋锃亮，英文很地道，好莱坞的明星如数家珍，可他那一颗心已不是摩登的心了。这是那些追逐他的也是很摩登的小姐们所不知道的，这也是她们所以落空的原因。

一个几乎从现实生活中“脱离出来”的摄影师，却将一个通常会被拍摄成“脱离生活”的人像，又重新归还给了生活与真实。而且，就在拍出了那张刊登在《上海生活》封二上的那

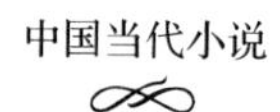

张照片之后，程先生却依然觉得并没有真正完成对于王琦瑶的“美”的最好表现：

> 直到最终，他依然还觉得有一个没完成。其实，这就是余味的意思了。程先生忽然感到了照相这东西的大遗憾，它只能留下现时现地的情景，对“余味”却无能为力。他还认识到，自己对美的经验的有限，他想，原来有一种美是以散播空气的方式传达的，照相术真是有限啊！

对于程先生来说，这或许不过是他作为一个摄影师的艺术境界的一种提升，而对于《长恨歌》来说，这一提升，显然并不仅止于程先生和他的摄影技术，而是还有着与“辞约而旨丰，事近而喻远”相近的某种隐喻吧。对于这一隐喻的最合适的解释，应该就是命运与人物的命运感——对于王琦瑶如此，对于程先生亦是如此——程先生一生的命运，未必不是从“上海小姐”这一组照片开始并为其所决定的。

在叙述者的语境中，将程先生的“摩登”外表装扮，与他那一颗“已不是摩登的心”关联在一起的，是他曾经追逐“摩登”的青春，以及现在对于“一点真爱”的不舍。也正是与此有关，“光顾他照相间的小姐，在他眼里，都是假人，不当真的，一颦一笑都是冲着照相机，和他无关的。他也并不是不欣赏她们的美，可这美也是与他无关”。

生活需要付诸真心真情，哪怕付出的结果可能是毫无回报。

当照片中的王琦瑶或许尚无如此体验的时候，作为摄影者的程先生，却从王琦瑶的身上，从给王琦瑶的拍照中，获得了上述体验。而这种体验，又并不仅限于王琦瑶，也就是说，并不仅限于镜头前的王琦瑶和照片中的王琦瑶，更关键的是延伸到了程先生自己这里，深入到了他的内心世界，在这里，程先生与他的青年时代，亦就有了一个自我了结，但又同时开启了他命运的另一段历程。至于程先生后来的命运——在王琦瑶躲避邬桥以及重返上海之后的隐姓埋名之际的疯狂寻找，以及找到之后的真心守护——有谁能够说不是与“上海小姐”这一组照片同样有着难解之缘呢?

或者在叙述者看来，这不过是程先生的心“不再像更年轻的时候那样游动飘移，而是觉出了一点空洞和轻浮，需要有一点东西去填满和坠住，那点东西就是真爱”。而偏偏是在一位在照相机镜头前并不最为出众的王琦瑶身上，曾经沧海的程先生却有了这样“真爱”的感觉。这是一种无法预料甚至也难以自我掌控的“不期而至”，一种生活的“偶然”——上海这座城市的日常生活的繁复，事先都并不能够确定地预言到这一点。而无论是王琦瑶亦或是上海这座城市，未尝不是如此，甚至在更广泛意义上的一般人生，亦未尝不是如此。这大概也是《长恨歌》在时间的网络中所揭示的另一种命运感吧。

片场的那惊悚一幕，与“上海小姐”这一组照片的拍摄完成，都与王琦瑶的命运有着密切关系。所不同者，前者是对王琦瑶命运的一种预示和隐喻，后者则近乎塑造了王琦瑶的命运。

尽管《长恨歌》并不是一个“红颜祸水”一类的故事，也不是通常意义上的“红颜薄命”一类故事的现代都市版，但它又确实对命运一类的主题作出了回应，只不过这种回应并非是呼应，而是一种深沉的洞悉与超越。

从照片开始的“真”“幻”人生

> 照片上的王琦瑶，不是美，而是好看。美是凛然的东西，有拒绝的意思，还有打击的意思；好看却是温和、厚道的，还有一点善解的。她看起来真叫舒服。她看起来还真叫亲切，能叫得出名字似的。那些明星、模特儿确实光彩照人，可却是两不相干，你是你，她是她的。王琦瑶则入人肺腑。那照片的光也是仔细贴切，王琦瑶像是活的，眸子里映着人影，衣服褶子都在动似的。

《长恨歌》中的这段文字，读者应该不会太陌生，它描写的是王琦瑶在程先生那里所拍的一张照片——事实上她那次并不只拍了一张，但只有这一张登载在了《上海生活》上，是其中一期封二所用照片。

无论如何，王琦瑶这样一个上海弄堂里的女孩子，亦就此走进了上海这座大都市的历史，尽管只是在“封二”的位置上。《上海生活》这一刊物名称，似乎对王琦瑶与所谓“历史”之间的关系有一个比较明确的限定：上海、生活。而与之相关的追问则是：什么人的上海，什么样的生活。王琦瑶的出场，似乎昭示着对于上海的历史叙述，有了一种平民的日常生活的视角，以及与之相关的声调节奏。

这种叙述既不是要“凛然”，也不是要“拒人于外”，而是“温和厚道”，还有“亲切”。这是一种与王琦瑶的身份颇为贴切的感觉。这不是对于上海这座大都市的大历史的叙述，而是对于一个与上海有着较为特殊关系的女性的一生，介于流言、传奇以及正史之间的带有探索色彩的文学叙述。而《长恨歌》这一小说文本的主线，就是王琦瑶这位曾经的“上海小姐”的亦“真”亦“幻”的人生。

《长恨歌》中写王琦瑶早年的“成长”，亦或者写她的个性与思想，有两处甚为精彩，而且这两处皆与她参加“上海小姐”选拔有关，而“上海小姐”亦是王琦瑶一生之声名，这声名极有可能比她自己的名字传播得还要久远。人们可能忘记了或者不记得王琦瑶这一名字，但“上海小姐”却是一个永远不会模糊的称号甚至荣誉。

这两处，其一是王琦瑶的第一个闺蜜吴佩珍在王琦瑶参加复试之前代导演给她送邀请信，王琦瑶送吴佩珍回家，二人在邮筒之前无缘无故的一并哭泣，这段文字有着一种温柔的决绝力量，无声地宣示着少女时代的情谊再次附体，以及之后或许只能够存在于记忆之中的无可奈何。她不仅昭示出王琦瑶的“成长”，也昭示出吴佩珍的“成长”，而这样的“成长”，却是以与曾经的共同过去切割与告别的方式完成的。王琦瑶这个人物形象身上，有一些与“上海小姐”有关又无关的东西，或者说王琦瑶将“王琦瑶”的一些东西，带进“上海小姐”之中并成就了“上海小姐王琦瑶”这一组合。前面这种“成长”，就是王琦瑶带给“上海小姐王琦瑶”或者送给“上海小姐王琦瑶”的礼物之一。

其二就是紧随其后的导演约饭——没有写成约餐而是吃饭，这是书写者的心慧——导演和王琦瑶二人关于“上海小姐”看法的分歧，不仅宣告了王琦瑶与文艺腔和左派电影台词的告别，实际上也宣告了她与一种类型的男女关系的告别，即那种带有师生性质的、启蒙与被启蒙或教育与被教育式的关系的终结。

王琦瑶与吴佩珍之间的告别，是二人同哭，而她与导演之间的息争，却是“不再发言，只由着他去说”。在导演喋喋不休地近乎自说自话之时，王琦瑶以无声展示了自己的“成长”与“存在”，只是导演此时似乎还一无所知——王琦瑶已经完全了解了导演，几乎已经看穿看透，而导演对于王琦瑶的认识，似乎还是在过去的印象与记忆之中①。王琦瑶以一种无论是吴佩珍还是导演均不了解也未曾预想到的方式“成长”了，只是这种“成长”既不是在学校里的那种成长，也不是弄堂里的那种成

① 其实，《长恨歌》在描写导演“义劝”王琦瑶时，有两套话语，很难说这两套话语孰阴孰阳。王琦瑶对于导演那套“左”派电影台词式的说教已有足够的“免疫力”，但她过于轻率地把导演最后说出的那一番肺腑之言亦当作耳旁风，显示出王琦瑶式的“成长”，依然不过是一种自以为是的“成长”。

长，更不是在左派电影的台词里的那种成长，甚至也不是导演在片场银色世界的光圈胶片里见惯不怪的成长，而是在“上海小姐”这面旗帜的引导下的一种快速“成长”。这种“成长”同样真实，更有着王琦瑶自己发现并认同的力量。当导演只看到了“上海小姐”的两个极端的时候，王琦瑶却实实在在地体会到了“上海小姐”的真实，尤其是对于她自己的真实——这也是王琦瑶送给“上海小姐”或“上海小姐王琦瑶”的另一件礼物：

> 这时候，离复选虽还有几天，但其实大家心里都有些数了。有一些人明摆就是给垫底的，还有一些人则明摆着要进入决赛，只不过走个过场的。而另有一些人却是在这两种人的之间，既不是垫底，也不是确定无疑的。这是尚待争取的人，王琦瑶便是其中之一。竞选的任务其实是由这类人真正承担的，她们可说是“上海小姐”的中流砥柱，是名副其实的“上海小姐”。这场竞选的戏剧实际上是由她们唱主角，一轮轮的考验都是冲着她们来，优胜劣汰也是冲着她们来。最后能冲出重围的，是上海小姐里的真金。

这段文字，是王琦瑶对“上海小姐”的个人理解，它与王琦瑶的参选经历和个人体验密不可分，而不是来自任何人宣示或者鼓吹或者攻讦。当王琦瑶真正理解了“上海小姐”这一名声的时候，她也就成为“上海小姐”并为“上海小姐”这一名声，注入了自己的生命与真情，这时候，王琦瑶的名字，亦就名副其实地为“上海小姐”这一名字所替代。

而王琦瑶的人生——一种“上海小姐”式的现实人生由此亦真正拉开帷幕。王琦瑶真正走进“上海小姐”的光影之中，王琦瑶之后的人生，就是赢得“上海小姐”的名声，传播并维护“上海小姐”的名声，以及无可奈何地眼看着“上海小姐”一点点地“沉沦”并重回王琦瑶。王琦瑶与“上海小姐”交织构成了《长恨歌》中这一人物的一生，实际上究竟哪一个名字更真实，早已经难以分辨，也不能够真正分辨。而这种交织，既有时间意义上的，亦有身份意义上的，更有内在自我的体验意义上的，当然还包括自我认同意义上的。

而对于王琦瑶或者“上海小姐”的人生命运，其实在“上海小姐”决赛出名次的时候，已经有所交代：大小姐二小姐是偶像，是我们的理想和信仰，三小姐却与我们的日常起居有关，是使我们想到婚姻、生活、家庭这类概念的人物。

也就是说，《长恨歌》中对于选美季军或者“三小姐”的王琦瑶的描写，在一夜的风光之后，依然是循着婚姻、生活、家庭这类概念或人生道路逐渐展开的。换言之，在这一语境中，也就没有了那些所谓的“传奇”，不过是日常起居中的你我而已。问题是，从王琦瑶到“上海小姐”（“三小姐”），以及从“上海小姐”再到王琦瑶，这似乎成为王琦瑶一生的两个半场，前半场似乎是从平常走向耀眼辉煌，而后半生则是收敛落幕。从成长的角度看，似乎上半场与“成长”的关系更贴近，而后半场，似乎不过是已经停止成长的生命的一种了结。这种理解或解读，显然没有完整地理解“成长”的丰富内涵，尤其是没有很好地理解王琦瑶对于“成长”与命运的态度和体验认识——缺少了从邬桥重返上海之后的王琦瑶的人生，无论是王琦瑶的人生还是“上海小姐王琦瑶”的人生，都是不完整的，即便是从文学的角度来讲，也是存在着的缺陷的。

正传与流言：在两种呈现之间的尝试

其实，对于性别与历史之间的这一对范畴，王安忆并非只是在《长恨歌》中才第一次进行文学的和思想的书写尝试。在《伤心太平洋》中，当出现“女人独立造起一座房子，我想无论如何也是出洋史上的一个奇观”这个句子，几乎已经暗示了《长恨歌》的诞生，所不同的是，《伤心太平洋》试图建构的是努力主导自己未来与命运的女性。其实，这种所谓的“主导”中，亦掺杂渗透着个人的种种无奈、不甘和委屈，“我由此想到，在我们家的出洋史上的三代女人，如不是她们，我们终将如何，那就难说了。曾祖母是第一代，是奠基的一代。房子最后落成，全家举迁，爷爷他骂不绝口地住进了最好的一间”。

与《长恨歌》不同的是，《伤心太平洋》所写的，其实是家族历史中的“光”——那些真正开辟创造了家族历史的先行者，也是家族可以共享的荣光，尤其是对于家族的后来者。也因此，那些为家族“开天辟地”的女性们，终将以一种类似于“正传”

的方式，走进家族的历史之中，并获得与“正传”相称的地位与名声。

相比之下，《长恨歌》中的王琦瑶，似乎注定了只能成为上海这座大都市中的流言对象，哪怕当初再声名显赫甚至一夜爆红，也难以走进正史并获得正传，这与她的“上海小姐”这一身份始终难以获得正统历史叙述者的青睐认可有关，与主流意识形态的价值取向有关，同时也与王琦瑶自己并不复杂的一生所折射出来的“复杂性”有关。至少在一个相当长的时间里，王琦瑶取法获得“正传”的待遇和殊荣，她也就漂浮在流言当中，成为街头巷尾的谈资，时而出现，又时而消失。

也因此，《长恨歌》的叙述结构和叙事方式，就难以按照“正传”的常见体例或叙事语言来展开，更多是从流言者的习惯和偏好来呈现打捞这一漂浮在历史烟尘之中的人物。于是，小说选择性地描述了王琦瑶的社会关系：闺蜜、情人、牌友、私生女——在正传体例中，这些人物多数是不可靠的。也就是说，《长恨歌》并不是关于一个名叫王琦瑶的“上海小姐”的正传，而是关于她的“流言”——其实是有意借用“流言”来对王琦瑶这位曾经的历史人物的一种书写，是通过仿写“流言”的方式，来对王琦瑶真实身份和历史的一种文学探索。在小说开篇中就已经言明，正传是属于上海这座城市的街道和楼房的，对于生活在弄堂里的那些上海人来说——包括王琦瑶——属于他们而且几乎纠缠他们一生的，其实就只剩下流言了。

其实，正传和流言，或者什么是正传，什么是流言，“便有些分不清”。而至于什么是“流言”，其实，“流言是真假难辨的。它们假中有真，真中有假，也是一个分不清”。“它们难免有着荒诞不经的面目，这荒诞也是女人家短见识的荒诞，带着些少见多怪，还有些幻觉的。”王琦瑶的一生，其实是从弄堂到街道楼房，又从街道楼房回到弄堂，在上述空间的改变转换中，王琦瑶的生活，亦经历了从寻常安稳到荣耀一时，又从恩宠光环回归寻常安稳。问题是，这种回归，并不是回归原来的自我，而是两个自我之间在时间与空间的变换之中的不断对话、相互质询、彼此安慰又有些难以重新完全接受对方。于是，无论是从邬桥重返上海的王琦瑶，还是 1950 年代以后的王琦瑶，尽管选择了蛰伏隐居，尽管进出于她原本所熟悉的弄堂，但到底经历了街道楼房甚至洋房里的风光荣耀，那种与“上海小姐”多少相关的流言，亦足以鼓荡起重返之后的王琦瑶，与另一个曾经自我之间在看似风平浪静之下的剪不断理还乱的纠缠。

而《长恨歌》之所以要从“流言”开篇，大概是因为“无论这城市的外表有多华美，心却是一颗粗鄙的心，那心是寄在流言里的，流言是寄在上海的弄堂里的。这东方巴黎遍布远东的神奇传说，剥开壳看，其实就是流言的芯子。就好像珍珠的芯子，其实是粗糙的沙粒，流言就是这颗沙粒一样的东西”。而“流言的浪漫在于它无拘无束能上能下的想象力”。小说用这种方式，让《长恨歌》的叙事，获得了一种“本事”“传奇”和“流言”之间的自由，它并无意建构一种类似于正传的人物历史叙事，但似乎也并没有就此完全放弃对于正传的在意。

这一点从《长恨歌》的叙事语言的方式风格中可见一斑。文本中有一些句子，像是对生活超越其表象的概括总结，似乎显示出一些洞悉生活本质的思想能力和力量，但却又往往不清楚这种洞悉的主体究竟是谁，实际上更像是叙事者，而不是历经沧桑的当事人，可是叙事者的身份又让人感觉到摇晃游移、模糊不定，譬如“流言是混淆视听的，它好像要改写历史似的”这样的句子，一时让人难以澄清究竟出自谁之口。

而通过或者透过这些句子，我们可以体验到文本中的人物与他们曾经的生活之间的关系，以及人物形象与他们自己之间的关系，还有旁观者与生活中人之间的关系，甚至叙事者与文本之间的关系，书写者、读者与文本之间的关系。这是一种多重层叠的关系结构，从这里，不同层面的不同人，似乎都获得了针对文本中的人物、所叙述的生活、故事乃至文本本身的观察、分析、判断、总结的权力——这与流言的生成方式极为类似——可实际上，这种权力又往往是模糊不清的：属于谁的权力、多大的权力、权力的边际与有效期、权力者的身份与行使能力、权力关系……这些原本都需要确定说明的，在《长恨歌》中却不时见到此类“无主句”。相对于“正传”叙述者身份的正式、明确而且非同一般，上述句式又屡屡“提醒”读者，对于《长恨歌》的叙述方式和语言要审慎。

而这样的句式或者叙述方式，却也为叙述者提供了自我身份定位的更大空间，从而增加了其身份的弹性，很多时候，它不用直接地、明确地、即时地对人对事发表意见看法，而是隐在这一放大的身影之后或阴影之中，甚至于借助于市民们的口吻来发表看法观感。得益于这样一种“能上能下”的自由，叙事者习惯性地被要求、被确定的“身份”以及“责任”，变得不那么确定了，他（她）可以相对比较随意地、轻松自然地混在围观的市民中间，或者“沦”为你一言我一语当中的一员，惬意地脱口而出而又不承担任何言说的责任，一种类似于“流言”的生成与传播。但同时也无法否认的一个事实，那就是《长恨歌》中的王琦瑶，又并不是“流言”塑造出来的形象，而是叙事者从“流言”中打捞、清洗出来而且摆脱了“正传”羁绊的独一无二的人物，而不再是漂浮在流言当中的面目不清、随意涂抹的一个可怜对象了。

第八讲

边地、底层及其文学表达

19 世纪末 20 世纪初，当澳大利亚作家亨利·劳森（Henry Lawson，1867—1922）在他的诗歌中传达出城市里的生存困境已到生命承受极限，并发出“越过荒野，到西部去”这样的呼吁的时候，在他的个人语境中，丛林地带的生活环境和生存条件尽管艰苦，但相较于更为令人难以忍受的都市生活中情感上、精神上的蜕化与腐败，似乎更值得人们去开疆拓土：探索、冒险、创业、忍受，甚至奉献牺牲。

可以肯定，这种文学上的叙述并不仅限于一时一地，也不仅存于 19 世纪末 20 世纪初的澳大利亚文学之中，这几乎可以视作一个世界范围的文学现象。它与人类社会的发展进程及演进方式有关，与人类文化及文明由农业、手工业、捕捞业等向机器大工业生产、全球市场、都市化与商业化等的快速转型有关，与在此过程中所生成的社会文化与意识形态有关，当然更与作家们的个人生存体验、敏锐观察与深沉思考有关。亨利·劳森式的“跨越”，不仅是一种生活层面的现实立场及行为选择，一种文学主题与审美语言上的个体抒情和叙事，其实也意味着一种更宽泛的文化意识形态的个人昭示与激烈反动，它也揭示出文学在如此现实之下自我存在的可能性。

类似的文学书写，在现当代中国文学中不仅同样存在，而且无论是题材、主题、语言及形式等，也更能体现出现代中国在社会形态与政治文化发展方面的特点，亦更为丰富多样。这种文学书写，在现代汉语中文语境中亦渐成一种传统，涉及边地与底层的文学叙事，并在许多作家的创作中得到了尝试，其中不仅混杂着边地浪漫、异域风俗、生存困窘以及生活无望一类的叙述，也混杂着远离都市社会与现代文明的边缘自在，以及挣扎于生活现实之中的生命顽强。如果单就文学题材、主题及风格而言，类似作家几乎占据了中国现代文学的大部分，从鲁迅的“鲁镇”“未庄”，一直到萧军《八月的乡村》、萧红的《生死场》，从沈从文的湘西、边城，一直到赵树理的《小二黑结婚》《李有才板话》。这些作家彼此之间的文学立场、主张以及习惯上所归属的流派、阵营等，在文学史语境中有着较大的差别，甚至彼此针锋相对，但在对于边地、底层以及新民间的文学想象和叙述上，上述作家似乎又可以被列入到一个具有一定兼容性的宽泛的范畴之中。而最能够将上述这些作家及其相关作品相提并论的关联词，大概就是边地、底层。当然这里所谓边地、底层，并非是从这些作家角度而言者，而是基于评论家和研究者的立场所形成的带有一定共识性的文学判断。

相较于现代文学中对于边地、底层的叙述，当代文学在最初似乎面临着一些意想不到的困难与挑战：在高度统一的国家形态以及意识形态趋同的当代语境中，现代文学中的边地、底层等概念，无论是作为一种生活形态、自然地理与人文地理，还是作为一种文学审美和语言风格，似乎都已经成为一种远离的记忆。在这类概念中原本所包含的差异性、边缘性乃至去中心化、社会分层以及不同阶层的存在现实等，都昭示出与主流叙事不一致的倾向与立场。亦因此，在当代中国文学中，文学意义上的边地与底层书写，或许在语言及形式上的先锋性，不及其在思想及现实探索方面所表现出来的先锋性明显和有力。而无论是从生活真实还是社会现实的角度来看，对于“边地”及“底层”的发现的意义，都应该视为当代文学在对现实与生活的认识、体验及文学审美表达上不断掘进并卓然有成的体现之一。对于当代文学中的边地、底层叙事，依然可以通过作家及作品之个案分析的方法来予以分析解读，其中迟子建及其《额尔古纳河右岸》，与刘醒龙和他的《凤凰琴》，可以为我们体验上述边地、底层文学叙事，提供一些示范。

一

迟子建的“边地叙事”，似乎与她的生活环境有着天然的联系，就跟王安忆的文学，终究会与上海这座城市关联在一起一样。但不可否认的是，无论是迟子建还是王安忆，她们对于从文学角度去发现“边地”与“城市”的自觉意识，其实并不是一开始就已经明确清晰的。可以肯定的是，她们最初对于自己所生活的地方的体验关注和文学描述，更多是从家乡或者生活环境的视角展开的，但即便是在这一时期或文学书写的阶段，迟子建的作品中，依然不时与“边地”或“边地意识”有所交集，其作品中已经呈现出某些与所谓边地文化人格、边地小说等审美语言相近的特质。细心的读者，一定会从中读到一些与沈从文的边城或湘西、萧红的“生死场”及呼兰河类似的气质，但他们的文学，又分明属于不同时代的不同作家，甚至于不同的写作类型。尽管迟子建的家乡，与萧红的家乡在空间地理的意义上相距并不遥远，在行政区划上更是同属黑龙江省，但迟子建的《额尔古纳河右岸》《白雪乌鸦》《群山之巅》，与萧红的《生死场》《呼兰河传》，虽然所写都是“北中国”，但却又分属于迟子建的北中国和萧红的北中国——作为空间地理与人文地理的“北中国”的差异，似乎远不及在两位在时间上相距半个世纪的小说中的北中国之间的差异。

如果稍微阅读一下鲁迅当年为《生死场》所写的那篇不长的序言，会发现其中既有哈尔滨这样与萧红所在的自然与区域地理相关的名字，亦有“北方人民”“庸人”“愚民”这些与底层有些关联的名词，显然在鲁迅当年的视野里，萧红的《生死场》，不仅书写的是关外边地，也是书写的社会底层的普通人民，亦就是通常意义上的平民百姓，所叙述的，也就是这些人的“对于生的坚强”和“对于死的挣扎”。而《呼兰河传》，延续了《生死场》对于民间社会、底层世界的关注与描写，而读者从这里，就看到了所谓边地与底层，并非是全然不相干的两种视域中的两种文学，而是极有可能产生交集的视域中的共同对象。这一点，在阅读和讨论边地、底层文学书写之时，应当有所留意。

不过，迟子建的《额尔古纳河右岸》，并不是简单地延续现代文学中的边地、底层文学的叙述传统——相较于后者，迟子建的小说，基本上有意识地屏蔽了现代文学中的思想启蒙视角及语境中对于边地、底层的常见立场和态度，转而采用一种本地、本土的语言，至少是全身心地贴近这种语言。这种语言，表面上看，好像只是对于一个“乌力楞”（营地）几代人的日常生活的描述性叙事，其实还延伸到了对于一个营地、民族、部落的共同历史的叙述，近乎一种鄂温克人在近百年中的部落史、民族志，或史诗。但不同于官史或正史意义及范式的部落史、民族志之处，在于这部小说的语言，始终坚持使用的是一个普通乌力楞营地人或部落人的视角和语言，而且，这种语言是具有成长性的——它从一个孩子的视角和语言开始，随着这个孩子的成长，这种视角和语言也在逐渐调整和成长，也就是说，《额尔古纳河右岸》的叙述语言，并不是一种停滞凝固的儿童或孩子的语言，而是一种不断成长的语言，几乎涵盖了一个营地女人九十年的生命历程。因此，这种语言也是具有足够的生命长度与情感浓度及复杂性的。不过，这种语言的成长性，又是在这个部落的历史和生活的“范围”之内随着生命的展开而不断成长的，它曾经有过多次与外部世界交流混杂的机缘，但又都因为语言的主人对于乌力楞式的生活方式的坚守——也就是对于这种语言的坚守——而放弃了。就此而言，《额尔古纳河右岸》对于当代文学的意义，不仅限于当代文学的范畴，亦可以纳入20世纪中国文学甚至更大范畴的汉语中文文学的语境来体验和解读。它的文学及审美特质，也不只是在题材、主题以及一般意义上的修辞方面，而是一种整体性的“改写”——它从容而自信地借用了民间故事和民间史诗的叙事范式，从一个个体生命的长度，来折射一个民族的生存史，尤其是这个民族的生活方式、社会结构、道德伦理、精神信仰等文化特质，包括生命—自然之间独特而隐秘的传承关系。而这些，都是通过一种民间口语体的讲故事方式来予以呈现的：

> 我是个不擅长说故事的女人，但在这个时刻，听着刷刷的雨声，看着跳动的火光，我特别想跟谁说说话。达吉亚娜走了，西班走了，柳莎和玛克辛姆也走了，我的故事说给谁听呢？安草儿自己不爱说话，也不爱听别人说话。那么就让雨和火来听我的故事吧，我知道这对冤家跟人一样，也长着耳朵呢。
>
> 我是个鄂温克女人。
>
> 我是我们这个民族最后一个酋长的女人。[1]

“我”的这种双重身份——鄂温克女人，以及“这个民族最

[1] 迟子建：《额尔古纳河右岸》，北京十月文艺出版社，2006，本书凡引该小说的内容，均出自此版本。

后一个酋长的女人”——似乎让“我”的叙事者身份，不仅贯穿着一个普通人的这种“口头史”的叙述形式，又因为“我”作为“这个民族最后一个酋长的女人”的身份，而赋予这种个人视角、情感及叙述一种非比寻常的大视野、可信度与独特力量。当然这里所谓“大视野”，也不过是对其所属“乌力楞”（营地）生存命运的关注而已。

而从史诗的角度讲，《额尔古纳河右岸》在叙事结构中，颇为克制地将鄂温克人的故事，与 30、40 年代的战争史，以及 1949 年以后的国家层面的大历史交织叙述。尽管更多只是通过人物经历及营地迁徙等事件，来反映人物性格、命运，以及部落及民族的文化特质和精神信仰，但在这种叙述中，住在大山林中的人们，与大山林之外的人之间，不仅免不了会有所交集——大山林里的人，一年中也会有几次出山，与山林之外的商人们交换“所猎”“所产”；大山林之外的俄罗斯安达，差不多也会定期进山送乌力楞人的生活所需——这种交换关系的存在，不仅是山林里与山林外的世界之间接触交流的一种常规方式，也是大山林里的历史，与大山林外的历史发生对话互动的客观事实。这种方式的存在，也表明乌力楞里的生活与劳动，并非是在一种绝对与外部世界隔绝的森林孤岛上展开的。不过，小说谨慎地防范着将鄂温克族人的民族史，叙述成为两种不同文化和文明之间的接触交流、碰撞冲突的历史——后者在小说中确实有一定程度之描写，但是，小说的主体部分，显然是叙述塑造乌力楞这样一个血缘共同体与命运共同体的血缘关系与同呼吸、共命运的生存方式，包括从一个较长的时间视角和不断扩大的空间视角，来将最初的一个乌力楞与其他乌力楞乃至鄂温克人之外的人与世界有所交集地展开叙述。

也就是说，《额尔古纳河右岸》最集中描写表现的，还是住在大山林里的人，以及他们与大山林之间的关系。文本中有很多地方，直接或间接描写了这种关系或这种生活，以及与这种方式和生活相关的价值与信仰：

> 我不愿意睡在看不到星星的屋子里，我这辈子是伴着星星度过黑夜的。如果午夜梦醒时我望见的是漆黑的屋顶，我的眼睛会瞎的；我的驯鹿没有犯罪，我也不想看到它们蹲进“监狱”。听不到那流水一样的鹿铃声，我一定会耳聋的；我的腿脚习惯了坑坑洼洼的山路，如果让我每天走在城镇平坦的小路上，它们一定会疲软得再也负载不起我的身躯，使我成为一个瘫子；我一直呼吸着山野清新的空气，如果让我去闻布苏的汽车放出的那些“臭屁”，我一定就不会喘气了。我的身体是神灵给予的，我要在山里，把它还给神灵。

如果说上面这段文字，描写的是“我”与大山林之间在漫长的时间历史中早已浑然一体、难以分离的共存关系，下面这段文字，则直接描写了乌力楞人在面临着是否走出大山林、到外面世界去生活的选择之际，他们毫不犹豫的个人选择：

两年前，达吉亚娜召集乌力楞的人，让大家对下山做出表决。她发给每人一块白色的裁成方形的桦树皮，同意的就把它放到妮浩遗留下来的神鼓上。神鼓很快就被桦树皮覆盖了，好像老天对着它下了场鹅毛大雪。我是最后一个起身的，不过我不像其他人一样走向神鼓，而是火塘，我把桦树皮投到那里了。它很快就在金色的燃烧中化为灰烬。我走出希楞柱的时候，听见了达吉亚娜的哭声。

个人、乌力楞（营地）、穆昆（同姓氏族），在这样以血缘、同姓关系所组成的自然生活单位里，住在大山林里的人（包括河流边）——鄂温克人——也累积并延续着他们祖祖辈辈所赖以为生的一切：萨满、驯鹿、火种、希楞柱、酋长……这些早已与大山林或大自然彼此通灵、水乳交融。而在这样一个有灵的神的世界、人的世界和自然界的浑然一体之中，《额尔古纳河右岸》的叙述方式和叙述语言，也是别具一格、极为独特，它近乎天成地将住在大山林里的人们的语言——连同这种语言所赖以为生的大自然、生命、呼吸、情感、行为、心理、信仰、诞生、伤病、死亡——完整地、活生生地呈现在读者的面前，而读者们对于这样一种语言，其实并没有足够的思想上、精神上和审美上的准备的。

在这种语言和叙述中，混杂着神话、传说、故事、谚语，而当这种语言自然从容而且自信满满地出现的时候，时间之间的间隔或断裂，似乎一下子都愈合了，读者随着大山林里的人，徜徉在原本只属于他们的语言之海上：

> 猎鹰和达西走了。猎鹰的家在天上，达西跟着它走，是不愁住的地方了。

这样的语言，显然只属于这样的人和这样的生活——他们这样对待生命，也这样对待死亡。也仿佛只有在这种语言中，总是与死亡陪伴的恐惧、忧愁、孤独、伤感等，也都一起被过滤清洗干净了，就只剩下了蓝天白云或者万里无云的天空。

其实，也正是从这里，《额尔古纳河右岸》与当代汉语中文或中国当代文学之间的关系，才真正呈现出它的轮廓，它不惊不乍也不卑不亢地出现在读者的视野里，而随之在读者世界以及文学语境中所激起的回荡，一时半会儿并不会停下来。它将当代汉语中文以及当代中国文学的可能性和丰富性一下子大大地拓展了。

或许，读者会因为这部小说而联想到遥远、边缘、陌生、差别、远离中心、自我身份、自我价值、去中心化等概念术语，并由此将其与他们熟悉的有关边地的文学叙述关联起来，不过，这只是一种似是而非的印象判断，而没有真正完整地体验并理解《额尔古纳河右岸》这部小说的全部内涵。

不妨以两个例子来试作说明。

> 我是大姑娘了。鲁尼也长大了，他开始长胡须了。我

们眼见着达玛拉一天天地枯萎下去；她的背驼了，有一次刚学会说话的小达西来到我们希楞柱，他看着母亲突然说了一句，你的头上盖着雪，你不冷吗？达玛拉知道小达西在说她越来越多的白发，她凄凉地说了一句：我冷啊，我冷又有什么法子呢？也许雷电可怜我，会用它的光带走我，让我不再受苦？

这样的语言，很容易将其视为一种语言修辞上的作家个体性，或者一种孤立的修辞现象，但如果通读过这部小说，会发现很难将它仅仅视之为一种独特的、孤立的个体修辞，而是一种具有内在生命、精神和完整性的语言，它充满了人类语言最初的原始性，一种混沌未开之际神人不分的共存感，一种依然没有与生活现场和现实分离的活着的语言。《额尔古纳河右岸》不仅再次展示了这种人神不分时代的语言的独特魅力，更关键的是，它重新激活了这种语言在它所生存的一个特殊时代，以一种令人始料未及的方式，展示其独立、自足和自尊。

正午。

火塘里的火一旦暗淡了，木炭的脸就不是红的了，而是灰的。

我看见有两块木炭直立着身子，好像闷着一肚子的故事，等着我猜什么。

按照我们的习俗，如果在早晨时看见这样的木炭，说明今天要有人来，要赶紧冲它弯一下腰，打个招呼，不然就是怠慢了客人；如果是晚上看见直立的木炭，就要把它打倒，因为它预示着鬼要来了。现在既不是清晨也不是夜晚，要来的是人还是鬼？　正午了，雨还在下。安草儿走了进来。

在《额尔古纳河右岸》中，类似的句子很多，像是阳光照射下的丛林，给人一种琳琅满目、目不暇接、生机勃勃的感觉。你会感觉到语言被彻底解放了的那种无限的自由感和可能性，这种语言不是花言巧语，不是伶牙俐齿，不是小聪明，而有一种生命通透澄澈的光明感。这种语言充满了神性和灵性，还有大地一般的从容自然。它只属于与大地和自然一体的生命，属于住在大山林里的人们，属于鄂温克人。

当然，因为《额尔古纳河右岸》，这种语言也属于了当代汉语中文，属于当代中国文学。

《额尔古纳河右岸》或许可以满足一些读者对于北方森林里的游牧狩猎部落的历史和生存现状的好奇心，甚至引发他们对于原始文明或部落文明的想象，但这种所谓满足，其实很快就会让抱有这种好奇心的读者感到失望，因为小说的叙事语言和方式，并不是用来满足这种好奇心的，更大程度上，它可能会改变甚至颠覆这些读者的种种好奇心，或者把他们的好奇心引向一个他们原本未曾料到的全新世界，这是一个由小说中的人物、他们的生活以及叙事者的语言和叙事方式共同完成建构的一个世界。这个世界在真实世界里并不大，但在语言和文学的世界里，却每每给人一种无边无际、难以穷尽的感觉。

有人会认为，这部小说“讲述了（鄂温克）这个弱小民族顽强的抗争和优美的爱情”①，而且，“小说以小见大，以一曲对弱小民族的挽歌，写出了人类历史进程中的悲哀，其文学主题具有史诗品格与世界意义”。其实，这部小说最激动人心的，恰恰是它的语言——尽管它所叙述的那个部落或民族，最终不得不走出他们祖祖辈辈所生活的大山林，他们的生活方式，也因此而不得不被改变。小说中的那些人物，最终也走不出死亡的命运，但这部小说，尤其是它的语言，却让乌力楞与鄂温克，永远地绽放出生命的、人性的魅力，亦由此获得了永生。而文学中的所谓“边地”与“中心”之间的辨正，由此得以再次验证。

二

随着当代中国经济的改革发展，中国社会逐渐走出之前的停滞与封闭，个人在这一历史性的变革进程中，无论是当下的处境抑或是未来的命运，均呈现出更多的自由与可能性。与此同时，人们彼此之间在经济与财富上的差异，也开始渗透并影响着人们的思想观念以及自我社会身份意识，并在社会结构上

① 迟子建：《额尔古纳河右岸》，“内容简介”。

开始出现层级差异与层级意识，这一现象，亦很快在作家们的笔下得以反应。

快速而深刻的经济与社会变化，给人及人性亦带来越来越明显的影响，人所展现出来的前所未有的生活热情与生命能量，吸引激发了作家们压抑已久的创作欲望和潜在激情。不过，与80年代文学书写中对于改革主题以及改革人物所表现出来的书写冲动不同的是，90年代前后的文学中，伴随着改革开放而出现的一些社会问题，通过人及人性而表现出来种种始料未及的突破底线的行为等，这些首先是在社会共识及道德观念层面造成混乱与困扰，进而渗透进人们的精神及审美生活，引发对于社会现状以及文学功能的诸多讨论，也再次引发了对于“文学书写——社会问题”之间旧有关系的惯性思维，似乎亦由此而开启了又一轮在这一关系模式中的思维摆荡——当一些社会问题具有一定普遍性，不仅影响到人们的日常生活，而且对于现有社会秩序乃至价值观念等均产生一定挑战时，人们似乎又将求助的目光转向文学和作家，似乎只有从那里，才能够得到他们在情感上、思想上以及心灵上所能够得到的慰藉。而这一时期当代文学创作中，最为隐忍关注的文学类型之一，大概就是对于社会底层生存状况的关注及文学书写。

对于这种文学现象的讨论，很容易陷入文学政治学或文学社会学的循环争论之中。在中国文学史的语境中，从晚清以来，这种文学“过度”或“过近”介入及干预社会存在与现实生活的现象就一直甚为常见，甚至一度作为现实政治的一部分或辅助。19 世纪末直至 20 世纪世界范围内现实主义文学思潮的流行繁荣，进一步强化了人们对于文学与现实及社会生活之间关系的认知，甚至产生了具有一定影响范围的普遍共识。也因此，90 年代中国文学创作中出现这样一种通过文学书写来表达对于社会底层的关注时，人们不仅并不陌生，甚至还认为这是作家的社会责任感与文学的社会功用的一种有益发挥。在这种认识及思维心理中，作家及文学所发挥的，既有传统意义上的文学在情感、思想以及精神与审美层面的效用，亦有社会机构或者体制秩序应该扮演的部分现实角色，甚至还有一种类似于流行文化所常常扮演的那种瞬间安慰的表层作用。

不过，仅仅将 90 年代中国文学中的这种现实主义文学意识以及作家们的现实关怀的“回潮”，简单地描述为或归结成一种单一的文学与审美立场、倾向及主张，显然是不大符合此间文学的实际的。实际上，90 年代中国当代文学中的这一波现实主义的回潮抑或“冲击波”，并没有人们所期待的那么强烈和持久，而且，也并没有产生出多少在文学上真正经受得住考验的作品。但作为一种文学创作思潮，这一现象不仅与当时中国经济社会的历史与现实有关，实际上与当时文学上的诸多立场、主张之间所生发出来的冲撞、争论亦有相当关系——与此间中国当代文学创作多与文学流行思潮有所关涉的情况大体相近，这一波文学创作，也是与相关文艺思潮一道留存在人们的记忆之中的。

作为一种文学书写，90 年代这一波现实主义的回潮，以及由此而诞生的“底层文学”这一现象及概念，并不仅仅只是在现实政治以及文学社会学意义及形式上的一种体现。事实上，它也不仅在政治意义上牵涉着对于下岗工人以及工人阶级这一极为重要的政治概念给予体验式的书写表达，同时也在文学意义及形式上牵涉着女性文学、城市文学等类型文学在这一现实主义的视域之中的重新观照和新一轮表现。从这些文学文本中，我们不仅可以重新检视中国当代社会、历史、经济乃至政治的某些具体时段及其基本面貌，同时也可以重新审视文学是如何再一次鼓动起对于现实关注的热情和创作冲动的。更关键的是，这一波文学创作并不只是历史上的同类或相近文学现象的一种简单回光返照，它实际地而且也现实地提供了不少与当下中国的存在——社会存在与人的存在——多有关联的文学文本，其中最为引人注目的一部分，大概就是它对于底层的关注与书写。

“底层”这一概念，在当代社会和当代政治中，是一个有所忌讳的概念。对于这个概念的承认与使用本身，亦具有一定的政治性或政治色彩，这意味着对于社会等级和社会阶层在当代中国存在的承认。单就这一点而言，其实 80、90 年代这一波现实主义文学在社会现实的思想及批判上，多少亦还具有一定先锋性——当然这并不是就这一波文学中那些通常被视之为代表性的一些作家及其创作而言。从此间文学的实践层面来看，尤其是从一个更宽泛的时间视域来看，“底层”这一概念，亦超越了传统意义上强烈的政治与意识形态色彩，而表现出一些与文学及审美具有一定兼容性的特质，并成为这一文学思潮给文学史留下的一个具有里程碑意义的时代关键词。亦因此，将这种文学简单地、轻率地等同于时代社会记录或者现实生活摹写的立场及观点，无疑是不符合事实的。

与之相关，这一文学与之前的伤痕文学、知青文学、改革文学等相比，保持了中国当代作家对于现实和真实的敏感与关注，同时也表现出他们较强的社会洞察力与分析判断力，以及文学艺术上的审美与表现力。

如果阅读一些与这一时期的“底层”文学书写相关的评论文献，会发现它又不时与工业题材、下岗文学等术语相关，似乎这一文学类型更多是与都市工人这一社会群体当下的存在处境关联在一起。实际上，“底层”并不仅限于工人这一群体或阶层，从具体文本来看，“底层”这一概念几乎涵盖了这一时期因为经济社会的激剧震荡、快速变化而造成的人们的生活处境以及社会地位的巨大改变，尤其是坠落到社会底层。所以，在文学书写中，“底层”往往并非一开始就是以名词形式出现的，它更可能是一个形容词，即“底层的”，描述的是与之相关的种种面貌、状态、特性等；也可能是一个动词，用来描述一个从非底层沦落到底层的过程、形式以及结局等。而无论是形容词还是动词，“底层”事实上成为描述一个社会阶层受到变革剧烈冲击之后所引发的骤变，以及在这一骤变之中所发生的社会地位、社会身份以及社会意识、社会观念、社会秩序等的急剧改变，其中最明显的一点，就是那种“触底”感。在一个社会的常态发展中，或许不会有如此大规模的社会结构和社会秩序的改变，而在当代中国短短三四十年中，大多数人的生活感可用“翻天覆地”一词来描述，也正是因为此，“底层”感成为相当一部分人的生活体验和命运感，而文学中的底层叙述，亦就甚为容易引发读者的同情感与共鸣。

而考虑到 20 世纪中期之后整个中国的社会结构，“底层”这一文学概念的出现，以及与之相关的文学书写，事实上构成了对于既有意识形态有关社会结构叙述的触动，更多时候，文学创作中并不是以“底层”这样一个概念出现，而是客观上、实际上描写表现处于生活与现实困境中的人们的存在，这里所谓的困境，很大程度上是与经济生活条件和物质生活条件相关的。换言之，改革开放一方面给当代中国社会带来了巨大的发展进步，另一方面，这种发展进步的成果并不是所有人都得到了分享，相反，有相当一部分人不仅没有能够共享上述成果，还被时代进步所“遗忘”。也正是与此有关，这种“底层”文学书写中，往往与时代社会中所出现、存在甚至还在进一步恶化的“问题”相关联，这种“底层文学”，又往往与所谓的“问题小说”或者暴露、谴责小说等，存在着某些历史的、文类的甚至思想及审美方面的相似，所以也容易被纳入这样一种系列之中予以观察解读。但所谓“底层文学”亦有不同层级，好一些的“底层”文本，并不简单地描写叙述底层生活的凄苦以博得同情与眼泪，而是揭示现实生活的内在矛盾与难以破解的生存困境。这可能与经济有关，但又不尽然，而困顿于其中的人，也每每因为坠入到这样一张巨大无边的现实之网中无法脱身而陷入绝望，这种命运的无奈感和绝望感，可能才是这种底层叙述文本真正打动人心的地方。

但也有一些“底层”叙述文本，从这种“底层”处境和现实开始叙述，尝试着描写人在这种处境中的生命与心理和精神状态，譬如如何自我安顿、与他人相处、群体关系及秩序如何建立维护、价值与信念如何坚持等，甚至也尝试为这种“底层”状态提供一些现实出路或自我脱困的可能性。不过，这种自我脱困的力量，更多是来自当事人的自我成长、磨炼和成熟，刘醒龙的《凤凰琴》，就是这样一部在 20 世纪 90 年代具有一定典型性的中篇小说。

三

刘醒龙的《凤凰琴》选择了一个同时期小说中颇为常见的视角：一个刚刚高考失利回村的高中生。在八九十年代之交的中国大多数乡村，这种青年学生的身份较为尴尬：高考刚失利，前途无望；乡村劳动难以承受，生活难以融入。这种青年学生接受过十几年的学校教育，掌握了一定的科学文化知识，对于生活和人生，也怀有一定的理想。他们以为自己的未来人生，是跟那些考上了大学的同学们一样，进城求学、就业、发展。高考的失利，让他们丧失了原本只是基于高考顺利所想象出来的人生道路，一旦失利，他们马上就产生了一种被生活抛弃、沦入社会底层的幻灭感，尽管在他们自以为的“底层”，其实许许多多的人几乎一直就在这里劳动、生活。

《凤凰琴》以农村青年张英才高考失利，迫于无计，到一所极为偏远的界岭小学担任民办教师的经历为故事线索，围绕着“转正”指标，描写塑造了几位已人到中年的民办教师形象。有人说，《凤凰琴》写出了中国基层社会尤其是农村成千上万的民办教师的工作与生活困境，而且也因此推动了在政府层面重视民办教师转正的工作进程。这种说法，突出的是这种类型的小说在干预并改变生活方面所应该及能够扮演的角色，往往忽略了《凤凰琴》这部作品之所以能够打动人心的艺术感染力所在。尽管这部小说在叙述语言及方法上，与同时代的先锋文学以及实验小说等相比确实显得有些中规中矩，甚至有些“青年文学”的痕迹，个别地方的起承转合以及故事情节的设计安排还不是很纯熟，但没有人会去质疑这部小说在发现生活和表现生活方面所抱持的敏锐与真诚，以及在故事叙述方面不时表现出来的那种艺术才情和灵气。小说不仅较为成功地塑造了张英才这样一位刚刚走上代课教师岗位的农村青年，同时也成功地塑造了界岭小学的另外四位民办教师——其中一位是“缺席的在场”者，即当年为了民办教师转正考试而不慎导致下肢瘫痪的明爱芬老师。

小说中确实描写了不少农村民办教师工作和生活条件及环境的极度艰苦贫瘠，但整个叙事，一直有着自在的力量在推动着，并没有在这样的艰苦贫瘠之前停滞下来：

> 下午仍然只有一节课，张英才陪着孙四海站了两个多小时。孙四海怎么样讲课他一点也没印象，他一直在琢磨六年级分三个班，这课怎么上。中间孙四海扔下粉笔去上厕所，他跟上去趁机问这事，孙四海说，我们这学校是两年招一次新生。返回时，教室里多了一头猪。张英才去撵，学生们一齐叫起来，说这是余校长养的，它就喜欢吃粉笔灰，孙四海在门口往里走着说，别理它就是。往下去，张英才更无法专心，他看看猪，看看学生，心里很有些悲哀。①

对于张英才来说，他的界岭小学的时间，从这里才算是真正开始。某种意义上，这也是他走入社会、人生真正开启的时间，所以尽管“他心里很有些悲哀”，但究竟是为他自己的处境和前途感到悲哀，还是为界岭小学的老师与学生们感到悲哀，还是为其他说不清道不明的存在感到悲哀，似乎用不着急于去澄清。不过，作为一种现实和生活体验，也是一种必须直面的个人生活，它也清楚明白地昭示出，像张英才这样刚刚走出学校课堂的青年学生，人生已经没有了退路，就像界岭小学的另外几位同事一样，他们不仅需要学会适应环境、适应生活，还得学会适应已经适应生活的自己，这并不意味着对于生活的妥协，以及对于理想的放弃，而是有着更为深沉的新的力量和信

---

① 刘醒龙：《凤凰琴》，湖南文艺出版社，2018，本书凡引该小说的内容，均出自此版本。

念在生长。小说采用不同的方式，描写了这种适应环境、适应生活也适应自己的过程和内在努力：

> 半夜里，低沉而悠长的笛子忽然吹响了。张英才从床上爬起来，站到门口。孙四海的窗户上没有亮，只有两颗黑闪闪的东西。他把这当成孙四海的眼睛。笛子吹的还是《我们的生活充满阳光》，吹得如泣如诉，凄婉极了，很和谐地同拂过山坡的夜风一起，飘飘荡荡地走得很远。
>
> 夜里没有做梦，睡得正香时，又听到了笛声，吹的又是《国歌》。张英才睁开眼，见天色已亮，赶忙爬下床，披上衣服冲到门外。他看到余校长站在最前面，一把一把地扯着旗绳，余校长身后是邓有梅和孙四海，再后面是昨天的那十几个小学生。九月的山里晨风大而凉，队伍最末的两个孩子只穿着背心裤头，四条黑瘦的腿在风里瑟瑟着。张英才认出这是余校长的两个孩子。国旗和太阳一道，从余校长的手臂上冉冉升起来。

这种视角和叙述方式，不仅巧妙地将不同的时间和空间交织在一起，在界岭小学的夜晚和清晨，构成一幅幅让人惊讶而又令人怦然心动的图景，更是让人在这样的图景前面陷入沉思。这种类似的“镶嵌”或“混杂”，在《凤凰琴》中还有不少：

> 张英才说：“我迟到了。怎么昨天没人提醒我？”余校

长说："这事是大家自愿的。"张英才问："这些孩子能理解么?"余校长说："最少长大以后会理解。"说着余校长眼里忽然涌出泪花来。"又少了一个，昨天还在这儿，可夜里来人将他领走了，他父亲病死了，他得回去顶大梁过日子。他才十二岁。我真没料到他会对我说出那样的话。他说他家那儿可以望见这面红旗，望到红旗他就知道有祖国、有学校，他就什么也不怕。"余校长用大骨节的手揉着眼窝。孙四海在一旁说："就是领头的那个大孩子，叫韩雨，是五六年级最聪明的一个。"张英才知道这是说给自己听的。

上面这段文字，究竟该如何理解，尤其是如何从文学角度去理解，并非是一件轻而易举即可完成的任务。对于今天的读者来说，或许这只是一种文学书写中的修辞表达方式，甚至将其简单地理解为政治意识或政治话语向偏远乡村学校教育的延伸，而《凤凰琴》整个文本，恰恰并不是一种质疑并挑战现状和现实的作品，这种叙述方式和叙述语言本身，就是在文学与现实两个层面的双重尝试与努力。不妨再来看看下面这两段文字，或许对这部小说在此方面所呈现出来的文学特质多一些体验和理解：

刚好王记者走后的第七天，县教委、宣传部的人在张英才的舅舅的陪同下，亲自将报纸送上山来，声称张英才和界岭小学为全县教育事业争了光，在省报这么显要的位置发这么大一篇文章是从未有过的。张英才接过报纸，发现文章不是发在头条位置，那个位置上是一篇关于大力发展养猪事业的文章。界岭小学的文章排在这篇文章后面，编者按和照片倒是都有。

明爱芬死了。一屋的人悄无声音，只有余校长在和她轻轻话别。张英才忍了一会儿，终于叫出来：“明老师，我去为你下半旗致哀！”张英才走在前面，孙四海跟在后面。邓有梅把在教室做作文的学生全部集合到操场上，说：“余校长的爱人，明爱芬老师死了！”再无下文。张英才扯动旗绳。孙四海吹响笛子，依然是那首《我们的生活充满阳光》。国旗徐徐下落，志儿、李子、叶碧秋先哭，大家便都哭了。

界岭小学的故事因为张英才在极其负疚之下所写的一篇报告而登上了省报的“头版头条”——至少当初省报记者来采访拍照时是这样告知或承诺的——这显然是通过文学的方式，来对现实施以援手，让张英才的困境以及界岭小学四位老师的困境能够稍微得以缓解。但叙事者显然也很清楚，这种来自现实生活之外的“同情”和“干预”，在真实的生活中并非常见，明爱芬老师因赶去参加转正考试而经历的人生悲剧就说明了这一点。所以，在上面几个文字段落中，又生发出一种稀释或对冲的力量，对外部世界的这种“同情”与“声援”予以适当“平衡”甚至“解构”：张英才接过省报后发现，自己的文章并没有像记者所说的那样被刊登在头版头条，头版头条的位置刊发的是一篇关于大力发展养猪事业的文章。这一四两拨千斤式的巧妙安排，不仅从现实的角度回应了界岭小学所发生的种种故事，也从文学的角度回应了张英才的那篇报道界岭小学的文章。

第九讲

刘慈欣《三体》与科幻文学

一

王德威曾用“被压抑的现代性”之一种来描述中国近现代以来“不入（主）流”的科幻写作，“在追寻政治（及文学）正确的年代里，它们曾被不少作家、读者、批评家、历史学者否决、置换、削弱或者嘲笑”①。就文学史的写作及其秩序而言，这一状况至今并没有得到根本的改变。近几年来，科幻写作虽极发达，读者甚众，出现了诸如《地球往事》三部曲（刘慈欣）、《逃出母宇宙》（王晋康）之类的经典之作，但仍不被主流文学界接受。因为毕竟，在“被压抑的现代性”这一概念下，科幻文学的现代性内涵既不独特也不明显。事实上，对科幻文学来说，其区别于他种文类现代性内涵的地方恰恰在其独特的时间叙事上，这一特征在中国近些年来的科幻小说中表现尤其明显。用王德威的话说，这是一种“‘未来完成式’的叙述法”②。其最为典型的例子莫过于刘慈欣的“地球往事”系列（《地球往事·三体》《地球往事·黑暗森林》《地球往事·死神永生》）。该系列写的明明是未来的可能发生的事情，却被冠以

① 王德威：《被压抑的现代性》，北京大学出版社，2005，11页。
② 同上书，15页。

“往事”之名。这里的“往事”并非“往事”，其对事实中的现在来说乃是未来，与其说过去、现在和未来是线性发展的，不如说“过去”和“现在”都是在“未来”之后出现的。

柄谷行人曾用“风景的发现”来描述现代性的叙事逻辑，“谈论‘风景’以前的风景时，乃是在通过已有‘风景’的概念来观察的”①。换言之，这是一种以现在为起点（“风景的概念”）回溯式的叙事方法，通过建立过去（“以前的风景”）同现在的联系，以此想象建构未来的图景。科幻写作与之既同也不同。科幻写作也常常采取回溯法，但这一回溯法是以未来为起点，并指向未来的。在这一逻辑下，过去和现在都只有在未来的观照下才有意义。就此而论，它是对过去和现实的想象性重构或改写。这是一种以未来作为叙述或思考的起点而展开的叙事形式，在某种程度上决定或赋予了科幻小说一种反思色彩。正是这点，使得科幻小说常常具有了“审美的现代性”特征——对资产阶级现代性的批判——而与后现代性联系在一起。另一方面也要看到，一旦“未来”显示出其无望或绝望的前景（如地球毁灭、世界末日之类），“现在”也会呈现出“世纪末”的复杂内涵。在科幻小说中，“未来”并不总是乐观的，虽然人类的科技水平处于不断地高速发展的态势。此种情况下，再去反观人类的“现在”，“现在”便显得颓废、悲壮而决绝了。

这样一种以未来为起点的叙事，主要从三个方向上展开，

① ［日］柄谷行人：《日本现代文学的起源》，10页。

一个方向是以未来为起点朝向未来的叙述。如刘慈欣的《时间旅行》、王晋康的《生命之歌》、韩松的《老年时代》《地球战士》。另一个方向是以未来为思考起点的现实叙述。其所叙述的虽是现实中发生的事情，但因为其是以未来作为参照，其实是创造了一种现实与未来的并置形式。何夕的很多科幻小说都属于此类，如《六道众生》《爱别离》《十亿年后的来客》《异域》等，还有王晋康的《死亡大奖》，刘慈欣的《球状闪电》《镜子》《乡村教师》，韩松的《看的恐惧》，等等。第三个方向，是从未来往回溯，这是一种以未来为起点的重述。除了前面提到的“地球往事”系列外，这样一种重述的典型是刘慈欣的另一小说《西洋》（刘慈欣），它是一篇重新想象世界政治格局的小说，小说中虽然出现了1997年7月1日这样的历史时间，但这一时间在其中是以未来的指向显示意义的：1997年7月1日，不是香港回归中国，而是北爱尔兰从中国的殖民统治下回归英国；这时的世界中心，并非美国，而是中国，纽约也成了中国的新大陆。这样一种想象的由来，源于1420年郑和下西洋抵达索马里时的一次个人的大胆选择，历史因此而被改写。不难看出，科幻小说在时间叙事上虽有不同模式，但其关键还在如何看待未来，可以说，对待未来的态度决定了科幻小说的现实取向和历史叙事。

二

显然，科幻小说不同于以现在为起点的现代性宏大叙述。

现代性宏大叙事的诞生很大程度源于对“过去”的否定和对“未来”的信心，这样一种时间观决定了宏大叙事中想象的本体论意义和乌托邦色彩。换言之，想象是与未来、理性、进步和希望联系在一起的。这与科幻小说中的想象的功能并不相同。对于科幻小说来说，虽不可没有以科学为依托的想象或幻想①，但幻想于它却往往只是工具，是手段，有时甚至只是人类拯救自身的方式（《逃出母宇宙》、《地球往事》三部曲）。质言之，想象只是想象。从这个角度看，科幻小说从来就没有单纯地表现出对技术进步的无条件屈从。而这，与科幻小说以未来作为叙述、思考的起点息息相关。现代性宏大叙事虽然以现在作为叙述的起点，但其落脚点却是未来，这样一种逻辑下，现在乃至过去都是可以忽略不计甚至可以被牺牲掉的。从这个角度看，以现在为起点的现代性宏大叙事，其实是最不现实或现世的。相反，以未来作为叙述起点的科幻文学，却并不崇拜未来，不论其多么的富于想象力和超前性，它都极具现实关怀和对未来的反思，这一倾向在韩松的科幻写作十分明显。对于科幻文学而言，“未来”既是其叙述的起点，也是思考的起点，正是这后一点决定了其指向的常常是现实问题。简言之，这是一种旨在对诸如宇宙的未来和人类的命运等具有宇宙（而非人类）终极意义的命题的思考下，表现出来的对现实的介入。其结果，常

① 参见孔庆东：《中国科幻小说概说》，《涪陵师范学院学报》2003 年第 3 期。

常使科幻小说具有了强烈的现实批判色彩，诸如对人类在面对末日灾难面前的放纵与堕落（《逃出母宇宙》），以所谓人类文明为借口的帝国霸权（《天使时代》），科技进步导致的对人的异化（《老年时代》《地球战士》）等问题的反思，是其明显表征。可以说，正是源于这样一种以未来为起点的叙述，科幻小说常常表现出一种针对现实的审慎或审视的态度。同样是针对现实，穿越小说以现在为起点往回穿越历史，指向的其实是对现实的逃避，科幻文学则以未来作为起点，直面现实中的问题，这是一种以未来为视角对现实提出的警示。

另外需要看到，科幻文学虽以未来作为起点，其折射或反映的却是时代的症候或表象。换言之，这是立足于现实基础上的想象未来。就此而言，中国当前的科幻文学最能显现出大国崛起的信心和魄力。刘慈欣之所以在《西洋》中能够充满信心地重新想象世界格局，其重要原因还在于中国作为大国崛起所显示出来的未来的可能。这样一种背景下，中国人拯救地球常常成为科幻作家不由自主的选择，小说中，逻辑（刘慈欣《地球往事　黑暗森林》）、皇甫林（王晋康《生死平衡》）、楚天乐（王晋康《逃出母宇宙》）、何夕（何夕《六道众生》）等等，都是这方面的英雄代表。而也正是因为这一中国作为大国崛起所构成的底色，使得中国当前的科幻小说普遍表现出一种乐观主义风格。

某种程度上，正是这样一种以未来作为起点的叙述，决定了科幻小说的超越性。科幻小说虽具有批判现实的倾向，但却不能仅仅视为超前性。超前性与超越性不同。超前性往往表现在对线性时间观的崇拜（即对未来的崇拜）上，而超越性却可以表现出对线性时间的扬弃。换言之，在科幻小说中，时间并不总是从过去经由现在向未来发展的，相反，其常常以预设的未来的某个点为核心而指向现在或更远的未来（最典型的就是《逃出母宇宙》和《地球往事》三部曲）。这样一种超越性，使得科幻小说表现出“去主体化”的倾向。所谓“去主体化”，是指现代意义上的个人、民族、国家和大写的上帝（包括科学、真理、理念等）等都失去了其应有的崇高性，不再具有主体的地位。

就科幻文学的“去主体化”而言，其针对的核心其实是“大写的人”。“人”的主体地位遭到怀疑，人类中心主义也被作为一个问题提出，这也就是所谓的“后人类”视角。对于宇宙而言，生存本身似乎才是真正首要的法则，而不是什么基于人性的伦理、自由、平等之类的普世价值。人类既然不是宇宙的中心，温情脉脉的人性在宇宙法则的前提下就显得可疑而微不足道了（《地球战士》），而事实上，在《地球往事·黑暗森林》和《地球往事·死神永生》中，可以说正是温情脉脉的人性、人情导致了人类的毁灭。当然，这样一种反人类中心主义，并不是要否定人性，而只是告诉我们人性及其伦理在面对生存问题时的限度，并不能被无限放大。《天使时代》中，刘慈欣把这一问题置于（延伸至）国际政治格局中表现，让人震撼不已。这样一种“去主体化”也表现为对人性之“恶”的反思。人性之“恶”的说法和由来，莫不源于对某种稳定秩序的崇拜，可以说，正是基于这一崇拜才使得人类对人性之“恶”表现出极大的恐惧，但事实上，在宇宙的法则面前，人性之“恶”其实并不成其为一个问题（《地球往事》三部曲）。这样一种对人性“恶”的思考，使我们自然而然地表现出对人类文明的再思考，人类文明虽带来秩序和稳定，但其实也意味着退化和生命力的衰减，科幻小说带来的正是对这一文明辩证法的重新思考，其与纯文学或哲学中对强力与野性的呼唤（如尼采哲学）之间构成一种若隐若现的对应关系。

另一方面，在那些以未来为起点导向未来的科幻小说中，常常也出现对人和机器之间主次关系的再思考。随着被想象中的科学的高度发展，机器逐渐从人类的附属工具而跃居成为人类日常生活的重要组成部分，这时，一个问题便随之而生，智能机器其作为“人”的价值能否得到认可？智能机器能否具有同“人”一样的生存权利（王晋康《生命之歌》）？这一系列问题，是随着对“人”的地位的重新思考同时展开的。在以宇宙为参照的观察视角下，“人”的优越性逐渐消失，而成为“虫子”（《地球往事》），但即使如此，“人”之为“人”所具有的内心的深度和丰富复杂性（感情、思想和艺术才能）仍是智能机器或先进文明所不具有的（刘慈欣《诗云》《地球往事·黑暗森林》）。因此，即使是在太阳系整体毁灭的时候，叙述者或作者仍在想着文化的保留问题（《地球往事·死神永生》），可见，科幻文学虽然表现出对人类中心主义的反思和“去主体化”（或泛主体化）的倾向，但并不反文化。换言之，文化在这里更多是作为人类文化而非国族文化显示其意义的。

这也意味着，一旦民族、国家、上帝等在“宇宙共同体”面前都变得迷离而不再重要时，“人”作为“人”不仅仅只是个体，他还是作为人类的象征而存在。而也正是这一个人而兼人类的重合，使得科幻文学（小说）表现出对“人”的复杂态度来，它不再是大写或小写的人，而是“宇宙共同体”中的人类的代表，其既表现出对以“人”为中心的主体美学/哲学的反对，又表现出对“人类文明”的高度肯定；既在生存原则的前提下对人性的“恶”有客观冷静的呈现，又仍执念于人性的爱与美；既迷恋科学，也认识到科学的终极局限。从这个角度看，科幻文学表现出来的其实是对人类处境和命运的终极思考。这也是一种形而上学，宇宙学意义上的形而上学，值得认真对待。

三

随着刘慈欣的《三体》（即《地球往事》三部曲：《三体》《黑暗森林》《死神永生》，俗称《三体》，下同）获得世界科幻文学大奖雨果奖，《三体》也逐渐进入学术研究的殿堂（所谓登堂入室），而不仅仅被视为亚文学或类型文学的代表。这当然是中国科幻文学的极大成功，但若仅仅把它视为科幻文学的崇高经典，或是通过纳入纯文学的范畴以抬高其地位，则又是歧途误区。因为显然，《三体》的出现及其提出的问题，早已超出了科学范畴本身，也非科幻文学或者说纯文学所能涵盖。对于《三体》，它的内容的丰富和驳杂，及其视野的宏阔，是任何一种单一的文类所不能比肩的。但也是这驳杂，常常使得我们顾此失彼、左右徘徊。这就有必要采取抽丝剥茧的方法。就《三体》而言，核心问题在于，它提出一系列带有根本性的终极问题，但又借助于科幻这一文体形式表现出来，其中的悖论和矛盾为我们进入此一文本提供了便捷且行之有效的角度。

《三体》的出现，无疑与中国作为大国崛起有着某种时间上同步性的特征，这从其中拯救世界和人类文明的英雄主人公汪森、逻辑和陈心等皆为中国人即可以看出。这一时代性征反映了作者对中国作为大国崛起的充分信心及其因之而来的世界政治格局必然重整的期望，但另一方面我们从小说中又感到一种作者所特有的对人类的深深的绝望以及因之而来的深刻反思。有意味的是，这一反思，早已超出人类中心主义的高度，也非民族国家的本位主义立场，这一反思，因其借助于科幻文学这一文类和形式，从而带有宇宙的视角，也更具有终极性和根本性。

就历史的角度看，自近现代以来，中国的先贤们（诸如梁启超、鲁迅等）一直都在崇尚科学的旗帜下呼唤科学幻想小说的到来；“五四”前后，乃至 80 年代初，都出现过科幻文学写作的浪潮。但我们很快发现，中国科幻文学的写作与科学的发展之间始终存在某种若即若离的关系。换言之，它虽借助于科学的想象而发展壮大，但也存在着对科学的反思乃至批判。这

一情况表明中国的科幻文学还未充分发展就已表现出反现代性的“审美现代性”的面向，某种程度上，这也是中国作为后发展国家所不得不面对的：我们在“向科学进军”的时候科学在西方也已显示出不可化解的矛盾。这是我们理解《三体》的重要前提。

事实上，在《三体》之外，刘慈欣一直都在展开对科学技术本身的思考。《时间移民》通过设计一个面向未来不断展开的时间旅行的结构，以表明机器文明具有“非人”或“反人类”的特征；但刘慈欣并没有停留于此，而这，也是他区别于中国其他科幻作家的地方。与王晋康、韩松、何夕等都表现出对科学技术的“异化”作用的反思和批判不同的是，刘慈欣以此为起点，通过把诸如人道主义、爱与美及其人性之恶等人类哲学命题置于宇宙的高度和层面展开，从而在根本上表现出对人类中心主义的质疑和对人类诸命题的反思。

《三体》的反思性首先表现在其特有的结构和文体中。这从书名《地球往事》即可以看出，这是把地球的故事放在宇宙的层面加以表现，地球的故事因而具有了宇宙社会学的含义，而小说时空结构关系上的“将来过去时”，也赋予《三体》整体上的反思总结之意。所谓“将来过去时”，这是刘慈欣独创的一种时态，其得来显然有赖于科幻文学的文体本身及其想象的力量。这里所谓的“往事”并不是今天之前的“往事”，而是从将来的角度回溯的“往事”，这一“往事”发生在今天（当下）之后地球毁灭（即将来）之前。时间在这里是以“今天——过去——

将来”的逻辑演变的。换言之，这样一种叙述，是在今天和将来之间的两端游移，这是一种立足于当下且以将来为起点，从将来的角度对当下展开的反思。当下意识、将来视角和反思立场的结合使得这一系列小说具有了某种超出一般科幻文学和纯文学的高度。

但《三体》并非仅仅意在反思科学，它把对科学的反思糅合进对历史和人性的反思之中，其后来进入到对人类中心主义的反思，某种程度上也正源于此。如果说叙述的起点并非无关紧要的话，那么我们会发现，人类的一系列灾难皆源于人类自身：人性的恶是人类毁灭自身的根源。通过阅读《地球往事》第一部《三体》，我们知道，人类文明的一系列灾难皆肇始于叶文洁向外太空发送的地球文明信号，由此引发了三体文明同人类文明的宇宙大战，以及随之而来的太阳系的毁灭。表面看来，这是叶文洁一次极其偶然的行为而引发的人类危机，她是人类的罪魁祸首；但通过梳理她的人生经历便会看到，是人性之恶与历史（“文革”）之痛使她产生对人类文明的怀疑和绝望，只不过，她所期盼的解决之道不是己疾自医，而是寄希望于更高级的文明的介入：“到这里来吧，我将帮助你们获得这个世界，我的文明已无力解决自己的问题，需要你们的力量来介入。”她在发向太阳的信息中如是说。

但更高级的文明就真的能够拯救地球文明吗？显然这是刘慈欣在这部系列小说中始终思考的核心问题所在。确乎，人类自身的疯狂、邪恶与非理性已使得人类文明对地球犯下了滔天罪行，这是任何人都不能否定的，两次世界大战、“文革”、发展主义的杀鸡取卵，等等，尽皆如此。对于这些罪愆，显然，仅仅寄希望于主或上帝的惩罚与救赎是不能够的，那么，寄希望于更高级的文明呢？刘慈欣在另两部短篇《诗云》和《乡村教师》中已表现了对这一命题的思考。前者告诉我们，科学再发达，技术再先进，在面对人类的艺术创作如诗歌写作时，仍旧是无效且无能的。这无疑是想告诉我们科技并非万能。而后者则通过中国贫困山区一名乡村教师意外地拯救了人类这一行为，向我们暗示，虽极其偶然，但这当中爱与责任的力量的伟大却不容忽视。这样来看《三体》就会发现，爱与责任虽在面临生存危机时显得柔弱无力，但并非毫无价值，同样，三体文明的科学技术纵使强大到所向披靡，在面对太阳系的维度灾难时仍旧束手无策，更不用说它在面对人类复杂的内心世界时是那样的恐惧无奈。

《诗云》中的命题恰好可以对照《三体》加以解读。不唯艺术创作，人类内心世界的深邃也同样是先进技术所不能窥探的。智子是三体世界发射（或派遣）到人类文明的密探，它无所不能，在它面前任何东西都是透明的，单向度的和简单的，但恰恰是这样一个高级的文明形态，在面对人类内心世界的隐秘和丰富复杂时却是无力无能的。究其原因，是因为人类的内心世界，往往是理性和逻辑思维所不能把握的，小说主人公取名“罗辑”似也包含这一层含义。他所能震慑三体文明的，除了他掌握了宇宙中极具逻辑推理的“森林法则”之外，还在于他那非逻辑的内心及其行为。理性和感性在他身上以一种奇怪的方式并存着。这样来看就会发现，如果说三体文明代表或象征的是一个理性的、平面的和科学的文明的话，那么三体文明同人类文明的冲突，某种程度上可以看成是理性和感性之间的二律背反这一人类永恒命题的投射。科学的发展与人类的感性之间并不总是成正比的，人类控制得了科学，却控制不了自己的内心。三体世界对人类世界的恐惧，正是这一恐惧的表征。“人”的情感的丰富，造成了“人”的形象的难解，其一方面创造了人类艺术的灿烂，一方面也暗藏着人性的无底“黑暗”，而这，恰恰是三体文明对人类所既羡慕又恐惧的，也是人类对自身矛盾态度的根源。小说借三体文明对人类文明的复杂态度表达了刘慈欣对这一人类悖论式命题的思考和困惑：理性和科学虽能掌握外在世界，却不能把握人类的内心世界，两者间的矛盾，某种程度上制约着人类在发展的道路上能走多远。

但刘慈欣又不仅仅止于此。刘慈欣的高明之处在于，他没有仅仅从人类的角度，而是把理性和感性的悖论置于“宇宙社会学”的层面考量。这时，有关爱和美的人类命题，也重新受到了极大的挑战。小说通过对陈心这一人物形象的塑造试图告诉我们，爱与美的局限，及其效应。陈心当然是爱与美的化身，但当她掌握着决定人类生存命运的按钮的时候，她其实是最为脆弱的。这也就意味着，爱与美的有效性正体现在它们同生存问题的脱节中，一旦彼此缠绕一起，它们的苍白无力便显示出来。科学虽不能控制或窥探人心，但科学可以毁灭人。这正是理性与感性的辩证法。但刘慈欣又试图告诉我们，生存法则虽关乎科学技术，但又不仅仅如此。因为很明显，三体文明的科学技术再先进发达，难保整个宇宙就没有比它更高的文明。以此类推，最终又绕回到哲学上来，即“人类从哪里来，要到哪里去；宇宙从哪里来，要到哪里去”[①] 之类的终极问题。换言之，也就是所谓的“来”和“去”的哲学命题。只不过，刘慈欣在这里所思考的不仅仅是人类的“来”和“去”，还是宇宙的“来”和“去”的问题，是两者的结合。其中一个事实很明显，即，文明世界即使能制造出光速飞船，逃脱得了维度灾难（太阳系的坍塌），也终逃不脱宇宙在无限膨胀中的毁灭。这也就意味着，包括人类在内的宇宙发展到最后，并不是科学技术的问题，而是哲学命题，也即所谓的终极意义上的“来”和“去”的辩证与平衡问题：宇宙的质量守恒。这就又回到了爱与美的人类命题上来。

小说发展到结尾，虽然整个银河系都毁灭了，但关于爱与美以及责任之类的人类命题仍旧存在，小说以陈心和关一帆这两个仅存的人类成员的在宇宙中漂流表明了这一倾向。小说中《时间之外的往事》之《责任的阶梯》就是例证。这是陈心以“漂流瓶”的形式留给宇宙中可能存在的文明的信息，也是她的对文明世界的思考和对宇宙生存命题——责任的最高阶梯的彻悟：每个文明发展到“最后与宇宙的命运融为一体”，这就要求

① 刘慈欣：《地球往事·三体》，重庆出版社，2008，92页。

一种最高阶梯的“责任”。这是一种什么样的命运和责任呢？科学理性的高速（或匀速）发展，到最后会导致宇宙在膨胀中毁灭，但如果能自觉地把自己的命运同宇宙的命运融为一体，这样的责任感却可以在终极意义上让宇宙永生。这是一种最高意义上的人类的爱与美的表现，也是作为理性化身的智子所始终不能理解的（“你还是在为责任活着”，这是她对陈心说的话）。从这个角度看，这是一场宇宙层面的“倾城之恋”，银河系的毁灭正是为了成就其人类的感性及其道德的伟大。

这样来看，小说其实是从终极意义上，重新思考了科学、爱与美、人性之善恶等一系列人类命题。就美的命题而言，其最为集中地体现在三体文明向地球舰队发起攻击的水滴，以及智子的形象上。这都是美的极致的体现，但这两个事物却是理性与科学的最极致的结晶；这样的美的形象，虽具有无比完美的线条和黄金比例，但却是毫无感情、极端冷漠的。美如果没有感性而仅成为理性之光的表现，这样的美虽具有审美的价值，对于人类却只能是灾难。同样，人性的爱、善及恶，也是如此。当所有这些命题，在遭遇人类的毁灭与生存这样的宏大命题时，如果仅仅纠缠于纯粹抽象的伦理学与道德感的层面，而不考虑它的具体的历史的语境规定性，这样的人性与善往往也会成为毁灭人类的引线。

当然，刘慈欣并不是反对爱与美，他只是让我们看到，这中间的秩序和辩证关系。在他看来，人性的善、美及恶，它们之间的界限，乃至价值，很多时候都是杂糅一起很难区分的。

爱与美，人性的善，只有在生存的问题解决之后才有其意义，同样，人性的恶，当它是为了人类的生存问题时，也并不一定是恶。小说中的托马斯·维德和章北海就是例证。同时，刘慈欣也试图告诉我们，虽然人类毁于自身的人性之恶，但也浴火重生于它的爱与善以及责任。这就是所谓宇宙终极命题的人类学内涵，也即所谓的“来”和“去”的辩证法。科学如果不能围绕或以这些问题作为它的思考的起点和终点，这样的科学便不会有任何意义和价值。

这样就可以回到文章的开头所提出的问题，即《三体》提出一系列带有根本性的终极问题却又借助于科幻这一形式表现出来这一悖论上来。就《三体》而言，科幻文学的“形式的意识形态”表现在，它通过设置一个宇宙主义的视角，而能抛开所谓人类中心主义的限制，从而使我们能很好地重新审视以人类的主体性建构为基础的一系列命题及其诸如真善美与假丑恶、主与奴、自我与他者等二元对立范畴。对于这些范畴，仅仅从解构主义的角度是很难有深刻的发现的，因为毕竟，解构主义在颠覆这些二元对立时很有效，但在重申这些命题的价值时却是苍白无力的。而如果立足于主体性的立场又只能陷于不可解脱的二元对立的悖论，就像抓住自己的辫子无论如何都不可能离开地球一样。科幻文学及其宇宙主义视角的好处，正在于它让我们找到了摆脱地球引力的方式方法，但又不是彻底“逃出母宇宙”（王晋康科幻小说名）。从这个角度看，《三体》就是一个“问题域”，它通过把这一系列命题置于人类面临毁灭的境遇中重新考量，让我们看到了这一系列命题的致命的局限，但又不是完全的否定。它从宇宙的角度和哲学的高度重新赋予这些命题以重生的价值，太阳系和银河系虽可能毁灭，但人类的普遍命题却可以永生。这就是刘慈欣和他的《三体》所能给予我们的最大的信心，同时也是一种警示。

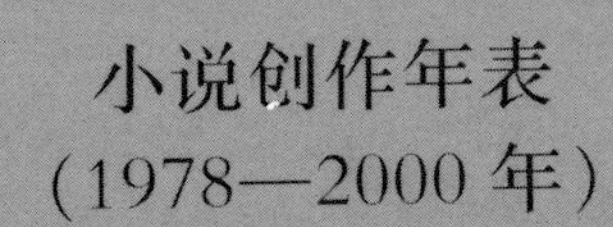

小说创作年表
（1978—2000年）

1978年

刘心武:《没有讲完的课》，短篇，《人民文学》，1978年第4期。
关庚寅:《不称心的姐夫》，短篇，《鸭绿江》，1978年第7期。
贾平凹:《满月儿》，短篇，《上海文艺》，1978年第3期。
吴　强:《灵魂的搏斗》，短篇，《上海文艺》，1978年第5期。
卢新华:《伤痕》，短篇，《文汇报》，1978年8月11日。
刘富道:《眼镜》，短篇，《人民文学》，1978年第2期。
孔捷生:《姻缘》，短篇，《作品》，1978年第8期。
王亚平:《神圣的使命》，短篇，《人民文学》，1978年第9期。
莫　申:《窗口》，短篇，《人民文学》，1978年第1期。
成　一:《顶凌下种》，短篇，《汾水》，1978年第1期。
张承志:《旗手为什么歌唱母亲》，《人民文学》，1978年第10期。
陆文夫:《献身》，短篇，《人民文学》，1978年第4期。
张有德:《辣椒》，短篇，《人民文学》，1978年第4期。
王　蒙:《最宝贵的》，短篇，《作品》，1978年第7期。
肖　平:《墓场与鲜花》，短篇，《上海文艺》，1978年第11期。
齐　平:《看守日记》，短篇，《解放军文艺》，1978年第12期。
张　洁:《从森林里来的孩子》，短篇，《北京文艺》，1978年第7期。
宗　璞:《弦上的梦》，短篇，《人民文学》，1978年第12期。
李　陀:《愿你听到这支歌》，短篇，《人民文学》，1978年第12期。

1979年

冯骥才:《啊》，中篇，《收获》，1979年第6期。

《雕花烟斗》，短篇，《当代》，1979 年第 2 期。
《铺花的歧路》，中篇，《收获》，1979 年第 2 期。
从维熙：《第十个弹孔》，中篇，《十月》，1979 年第 1 期。
《大墙下的红玉兰》，中篇，《收获》，1979 年第 2 期。
《杜鹃声声》，中篇，《新苑》，1979 年第 2 期。
母国政：《中年人》，短篇，《十月》，1979 年第 1 期。
中英杰：《罗浮山血泪祭》，短篇，《十月》，1979 年第 2 期。
茹志鹃：《剪辑错了的故事》，短篇，《人民文学》，1979 年第 2 期。
张抗抗：《爱的权利》，短篇，《收获》1979 年第 2 期。
刘　克：《飞天》，中篇，《十月》，1979 年第 3 期。
谌　容：《永远是春天》，中篇，《收获》，1979 年第 3 期。
孔捷生：《在小河那边》，短篇，《作品》，1979 年第 3 期。
鲁彦周：《天云山传奇》，中篇，《清明》，1979 年第 1 期。
金　河：《重逢》，短篇，《上海文学》，1979 年第 4 期。
徐明旭：《调动》，中篇，《清明》，1979 年第 2 期。
方　之：《内奸》，短篇，《北京文艺》，1979 年第 3 期。
韩少功：《月兰》，《人民文学》，1979 年第 4 期。
叶蔚林：《蓝蓝的木兰溪》，短篇，《人民文学》，1979 年第 6 期。
蒋子龙：《乔厂长上任记》，短篇，《人民文学》，1979 年第 7 期。
《血往心里流》，短篇，《人民文学》，1979 年第 9 期。
刘心武：《我爱每一片绿叶》，短篇，《人民文学》，1979 年第 6 期。
《这里有黄金》，短篇，《上海文学》，1979 年第 11 期。
宗　璞：《我是谁》，短篇，《长春》，1979 年第 12 期。
陈国凯：《我应该怎么办》，短篇，《作品》，1979 年第 2 期。
陈世旭：《小镇上的将军》，短篇，《十月》，1979 年第 3 期。
张　弦：《记忆》，短篇，《人民文学》，1979 年第 3 期。
周克芹：《许茂和他的女儿们》，长篇，《红岩》，1979 年第 2 期。
张　洁：《爱，是不能忘记的》，短篇，《北京文艺》，1979 年第 11 期。
张　扬：《第二次握手》，长篇，中国青年出版社，1979 年。

王　蒙:《布礼》，中篇，《当代》，1979年第3期。
张　长:《空谷兰》，短篇，《解放军文艺》，1979年第12期。
周建民:《湖边》，长篇，人民文学出版社，1979年。

1980年

张　弦:《被爱情遗忘的角落》，短篇，《上海文学》，1980年第1期。
卢永祥:《黑玫瑰》，短篇，《花溪》，1980年第1期。
张抗抗:《淡淡的晨雾》，中篇，《收获》，1980年第3期。
　　　　《夏》，短篇，《人民文学》，1980年第5期。
张一弓:《犯人李铜钟的故事》，中篇，《收获》，1980年第1期。
靳　凡:《公开的情书》，中篇，《十月》，1980年第1期。
谌　容:《人到中年》，中篇，《收获》，1980年第1期。
宗　璞:《三生石》，中篇，《十月》，1980年第3期。
甘铁生:《聚会》，短篇，《北京文艺》，1980年第2期。
遇罗锦:《一个冬天的童话》，中篇，《当代》，1980年第3期。
路　遥:《惊心动魄的一幕一九六七年纪事》》，中篇，《当代》，1980年第3期。
叶蔚林:《在没有航标的河流上》，中篇，《芙蓉》，1980年第3期。
张贤亮:《灵与肉》，短篇，《朔方》，1980年第9期。
柯云路:《三千万》，短篇，《人民文学》，1980年第11期。
韩少功:《西望茅草地》，短篇，《人民文学》，1980年第10期。
张抗抗:《夏》，短篇，《人民文学》，1980年第5期。
孔捷生:《追求》，短篇，《上海文学》，1980年第5期。
　　　　《这些年轻人》，短篇，《人民文学》，1980年第7期。
何士光:《乡场上》，短篇，《人民文学》，1980年第8期。
陆文夫:《小贩世家》，短篇，《雨花》，1980年第1期。
蒋子龙:《乔厂长后传》，中篇，《人民文学》，1980年第2期。
　　　　《一个工厂秘书的日记》，短篇，《新港》，1980年第5期。
　　　　《开拓者》，中篇，《十月》，1980年第6期。

李　剑：《醉入花丛》，短篇，《湛江文艺》，1980 年第 6 期。
王安忆：《雨，沙沙沙》，短篇，《北京文艺》，1980 年第 6 期。
　　　　《广阔天地的一角》，《收获》，1980 年第 4 期。
李国文：《月食》，短篇，《人民文学》，1980 年第 3 期。
从维熙：《泥泞》，中篇，《花城》，1980 年第 5 期。
王　蒙：《蝴蝶》，中篇，《十月》，1980 年第 4 期。
叶　辛：《蹉跎岁月》，长篇，《收获》，1980 年第 5、6 期。
莫应丰：《将军吟》，长篇，人民文学出版社，1980 年。
戴厚英：《人啊，人!》，长篇，花城出版社，1980 年。
周克芹：《勿忘草》，短篇，《四川文学》，1980 年第 4 期。
韩振波：《多余的人》，长篇，人民文学出版社，1980 年。
王亚平：《刑警队长》，长篇，上海文艺出版社，1980 年 9 月出版。
陈国凯：《代价》，长篇，人民文学出版社，1980 年。

1981 年

谌　容：《赞歌》，中篇，《收获》，1981 年第 1 期。
路　遥：《姐姐》，短篇，《延河》，1981 年第 1 期。
　　　　《风雪腊梅》，短篇，《鸭绿江》，1981 年第 9 期。
北　岛：《波动》，中篇，《长江》，1981 年第 1 期。
刘心武：《立体交叉桥》，中篇，《十月》，1981 年第 2 期。
张抗抗：《北极光》，中篇，《收获》，1981 年第 3 期。
蒋子龙：《赤橙黄绿青蓝紫》，中篇，《当代》，1981 年第 4 期。
水运宪：《祸起萧墙》，中篇，《收获》，1981 年第 1 期。
韦君宜：《洗礼》，中篇，《当代》，1982 年第 1 期。
赵本夫：《卖驴》，短篇，《钟山》1981 年第 2 期。
张贤亮：《土牢情话》，《十月》，1981 年第 1 期。
　　　　《龙种》，中篇，《当代》，1981 年第 5 期。
礼　平：《晚霞消失的时候》，中篇，《十月》，1981 年第 1 期。
顾笑言：《你在想什么》，中篇，《花城》，1981 年第 2 期。

从维熙：《遗落在海滩的脚印》，中篇，《收获》，1981 年第 3 期。
贾平凹：《二月杏》，短篇，《长城》，1981 年第 4 期。
张欣欣：《在同一地平线上》，中篇，《收获》1981 年第 6 期。
王滋润：《内当家》，短篇，《人民文学》，1981 年第 3 期。
陈建功：《飘逝的花头巾》，短篇，《北京文学》，1981 年第 6 期。
周克芹：《山月不知心里事》，短篇，《四川文学》，1981 年第 8 期。
邓友梅：《寻访“画儿”韩》，短篇，《人民日报》1981 年 10 月 24 日。
张　弦：《挣不断的红丝线》，短篇，《上海文学》1981 年第 6 期。
张一弓：《黑娃照相》，短篇，《上海文学》，1981 年第 7 期。
达　理：《路障》，短篇，《海燕》，1981 年第 10 期。
韩少功：《飞过蓝天》，短篇，《中国青年》1981 年第 13 期。
《风吹唢呐声》，《人民文学》，1981 年第 9 期。
乌热尔图：《一个猎人的恳求》，短篇，《民族文学》，1981 年第 5 期。
王安忆：《幻影》，短篇，《上海文学》，1981 年第 1 期。
《本次列车终点》，短篇，《上海文学》，1981 年第 10 期。
古　华：《芙蓉镇》，长篇，《当代》，1981 年第 1 期。
《爬满青藤的小木屋》，短篇，《十月》，1981 年第 2 期。
李国文：《冬天里的春天》，长篇，人民文学出版社，1981 年。
张　洁：《沉重的翅膀》，长篇，《十月》，1981 年第 4、5 期；人民文学出版社 1984 年修订出版。
叶　辛：《风凛冽》，长篇，中国青年出版社，1981 年。

1982 年

张一弓：《张铁匠的罗曼史》，中篇，《十月》，1982 年第 2 期。
《流泪的红蜡烛》，中篇，《收获》，1982 年第 4 期。
谌　容：《真真假假》，中篇，《收获》，1982 年第 1 期。
《太子村的秘密》，中篇，《当代》，1982 年第 4 期。
张　洁：《方舟》，中篇，《收获》，1982 年第 2 期。
张笑天：《公开的“内参”》，中篇，《当代》，1982 年第 1 期。

《离离原上草》，中篇，《新苑》，1982年第2期。
邓友梅：《那五》，中篇，《北京文学》，1982年第4期。
王安忆：《流逝》，中篇，《钟山》，1982年第6期。
《归去来兮》，中篇，《北疆》，1982年第3期。
蒋子龙：《拜年》，短篇，《人民文学》，1982年第3期。
孔捷生：《南方的岸》，中篇，《十月》，1982年第2期。
《普通女工》，中篇，《小说界》，1982年第3期。
矫　健：《老霜的苦闷》，短篇，《文汇》月刊，1982年第1期。
张曼菱：《有一个美丽的地方》，中篇，《当代》，1982年第3期。
张欣辛：《我们这个年纪的梦》，中篇，《收获》，1982年第4期。
乌热尔图：《七岔犄角的公鹿》，短篇，《民族文学》，1982年第5期。
梁晓声：《这是一片神奇的土地》，短篇，《北方文学》，1982年第8期。
何士光：《种包谷的老人》，短篇，《人民文学》，1982年第6期。
铁　凝：《哦，香雪》，短篇，《青年文学》，1982年第5期。
喻　杉：《女大学生宿舍》，短篇，《芳草》，1982年第2期。
路　遥：《人生》，中篇，《收获》，1982年第3期。
《在困难的日子里》，中篇，《当代》，1982年第5期。
张承志：《黑骏马》，中篇，《十月》，1982年第6期。
从维熙：《远去的白帆》，中篇，《收获》，1982年第1期。
陈　冲：《厂长今年二十六》，中篇，《当代》，1982年第6期。
戴厚英：《诗人之死》，长篇，福建人民出版社，1982年。

1983年

张　洁：《条件尚未成熟》，短篇，《北京文学》，1983年第9期。
梁晓声：《今夜有暴风雪》，中篇，《青春》，1983年第1期。
王滋润：《鲁班的子孙》，中篇，《文汇月刊》，1983年第8期。
铁　凝：《没有纽扣的红衬衫》，中篇，《十月》，1983年第2期。
张一弓：《火神》，中篇，《小说家》，1983年第3期。
陆文夫：《美食家》，中篇，《收获》，1983年第1期。

邓　刚：《迷人的海》，中篇，《上海文学》，1983 年第 5 期。
郑　义：《远村》，中篇，《当代》，1983 年第 4 期。
李杭育：《沙灶遗风》，短篇，《北京文学》，1983 年第 5 期。
史铁生：《我的遥远的清平湾》，短篇，《青年文学》，1983 年第 1 期。
贾平凹：《小月前本》，短篇，《收获》，1983 年第 5 期。
　　　　《商周初录》，《钟山》，1983 年第 5 期。
　　　　《鬼城》，短篇，《花城》，1983 年第 1 期。
邓　刚：《阵痛》，短篇，《鸭绿江》，1983 年第 4 期。
李杭育：《最后一个鱼佬儿》，短篇，《当代》，1983 年第 2 期。
达　理：《除夕夜》，短篇，《人民文学》，1983 年第 5 期。
韩少功：《远方的树》，《人民文学》，1983 年第 5 期。
陆文夫：《围墙》，短篇，《人民文学》，1983 年第 2 期。
乌热尔图：《琥珀色的篝火》，短篇，《民族文学》，1983 年第 10 期。
张贤亮：《河的子孙》，中篇，《当代》，1983 年第 1 期。
　　　　《肖尔布拉克》，短篇，《文汇月刊》，1983 年第 2 期。
　　　　《男人的风格》，百花文艺出版社，1983 年。
张　锲：《改革者》，长篇，人民文学出版社，1983 年。
韩静霆：《市场角落的“皇帝”》，中篇，《丑小鸭》，1983 年第 8 期。
李国文：《花园街五号》，长篇，《十月》，1983 年第 4 期。
陈继光：《旋转的世界》，短篇，《人民文学》，1983 年第 11 期。
萧育轩：《乱世少年》，长篇，少年儿童出版社，1983 年。

1984 年

从维熙：《雪落黄河静无声》，中篇，《人民文学》，1984 年第 1 期。
　　　　《北国草》，长篇，北京十月文艺出版社，1984 年。
张承志：《北方的河》，中篇，《十月》，1984 年第 1 期。
王　朔：《空中小姐》，《当代》，1984 年第 2 期。
铁　凝：《六月的话题》，短篇，《花溪》，1984 年第 2 期。
孔捷生：《大林莽》，中篇，《十月》，1984 年第 6 期。

柯云路：《新星》，《当代》，增刊，1984 年第 3 期；人民文学出版社 1985 年 5 月出版。

贾平凹：《鸡窝洼的人家》，中篇，《十月》，1984 年第 2 期。

《腊月正月》，中篇，《十月》，1984 年第 4 期。

《商州》，中篇，《文学家》，1984 年第 5 期。

《商州又录》，《长安》，1984 年第 7 期。

矫　健：《老人仓》，中篇，《文汇月刊》，1984 年第 5 期。

《河魂》，长篇，《十月》，1984 年第 6 期；北京十月文艺出版社 1987 年出版。

张贤亮：《绿化树》，中篇，《十月》，1984 年第 2 期。

《浪漫的黑炮》，中篇，《文学家》，1984 年第 2 期。

阿　城：《棋王》，中篇，《上海文学》，1984 年第 7 期。

冯骥才：《神鞭》，中篇，《小说家》，1984 年第 3 期。

邓友梅：《烟壶》，中篇，《收获》，1984 年第 1 期。

《索七的后人》，中篇，《十月》，1984 年第 2 期。

张　洁：《祖母绿》，中篇，《花城》，1984 年第 3 期。

王兆军：《拂晓前的葬礼》，中篇，《钟山》，1984 年第 5 期。

李国文：《危楼记事》，短篇，《人民文学》，1984 年第 6 期。

张　平：《姐姐》，短篇，《青春》，1984 年第 6 期。

蒋子龙：《燕赵悲歌》，中篇，《人民文学》，1984 年第 7 期。

何立伟：《白色鸟》，《人民文学》，1984 年第 10 期。

林斤澜：《溪鳗》，短篇，《人民文学》，1984 年第 10 期。

陈　冲：《小厂来了个大学生》，短篇，《人民文学》，1984 年第 4 期。

郑万隆：《老马》，短篇，《人民文学》，1984 年第 11 期。

叶　辛：《基石》，长篇，人民文学出版社，1984 年。

柯　岩：《寻找回来的世界》，长篇，群众出版社 1984 年。

苏叔阳：《故土》，长篇，人民文学出版社，1984 年。

刘心武：《钟鼓楼》，长篇，《当代》，1985 年第 5、6 期。

小说创作年表
（1978—2000 年）

1985 年

阿　城：《孩子王》，中篇，《人民文学》，1985 年第 2 期。

刘索拉：《你别无选择》，中篇，《人民文学》，1985 年第 3 期。

何立伟：《花非花》，中篇，《人民文学》，1985 年第 4 期。

韩少功：《爸爸爸》，中篇，《人民文学》，1985 年第 6 期。

　　　　《归去来》，短篇，《上海文学》，1985 年第 6 期。

　　　　《蓝盖子》，短篇，《上海文学》，1985 年第 6 期。

残　雪：《山上的小屋》，短篇，《人民文学》，1985 年第 8 期。

陈　村：《少男少女，一共七个》，中篇，《文学月报》，1985 年第 4 期。

徐　星：《无主题变奏》，短篇，《人民文学》，1985 年第 7 期。

郑　义：《老井》，中篇，《当代》，1985 年第 2 期。

张　炜：《秋天的愤怒》，中篇，《当代》，1985 年第 4 期。

张贤亮：《男人的一半是女人》，中篇，《收获》，1985 年第 5 期。

朱晓平：《桑树坪纪事》，中篇，《钟山》，1985 年第 3 期。

莫　言：《透明的红萝卜》，中篇，《中国作家》，1985 年第 2 期。

扎西达娃：《西藏，隐秘岁月》，中篇，《西藏文学》，1985 年第 6 期。

　　　　　《西藏，系在皮绳扣上的魂》，短篇，《西藏文学》，1985 年第 1 期。

王安忆：《大刘庄》，中篇，《小说界》，1985 年第 1 期。

　　　　《小鲍庄》，中篇，《中国作家》，1985 年第 2 期。

程乃珊：《女儿经》，中篇，《文汇月刊》，1985 年第 3 期。

何士光：《远行》，短篇，《人民文学》，1985 年第 8 期。

贾平凹：《黑氏》，中篇，《人民文学》，1985 年第 10 期。

　　　　《天狗》，中篇，《十月》，1985 年第 2 期。

　　　　《远山野情》，《中国作家》，1985 年第 1 期。

　　　　《西北口》，《当代》，1985 年第 6 期。

　　　　《冰炭》，中篇，《中国》，1985 年第 2 期。

　　　　《蒿子梅》，《上海文学》，1985 年第 3 期。

《商州世事》，中篇，《中国作家》，1985 年第 4 期。

郑万隆：《老棒子酒馆》，短篇，《上海文学》，1985 年第 1 期。

《黄烟》、《空山》、《野店》，短篇，《上海文学》，1985 年第 5 期。

王　朔：《浮出海面》，中篇，《当代》，1985 年第 6 期

单学鹏：《奔腾的大海》，长篇，人民文学出版社，1985 年。

1986 年

柯云路：《夜与昼》，长篇，《当代》，1986 年第 1、2 期；人民文学出版社 1986 年 8 月出版。

贾平凹：《古堡》，《十月》，1986 年第 1 期。

《火纸》，《上海文学》，1986 年第 2 期。

迟子建：《北极村童话》短篇，《人民文学》，1986 年第 2 期。

矫　健：《天良》，长篇，《十月》，1986 年第 1 期；四川文艺出版社 1987 年 2 月出版。

谌　容：《减去十岁》，短篇，《人民文学》，1986 年第 2 期。

陈　染：《世纪病》，短篇，《收获》，1986 年第 4 期。

李　晓：《继续操练》，中篇，《上海文学》，1986 年第 7 期。

刘西鸿：《你不可改变我》，短篇，《人民文学》，1986 年第 9 期。

从维熙：《风泪眼》，中篇，《十月》，1986 年第 2 期（《鹿回头》，系列之一）。

莫　言：《红高粱》，中篇，《人民文学》，1986 年第 3 期。

乔　良：《灵旗》，中篇，《解放军文艺》，1986 年第 10 期。

王　蒙：《轮下》，中篇，《人民文学》，1986 年第 4 期。

韩少功：《女女女》，中篇，《上海文学》，1986 年第 5 期。

《诱惑》，《文学月报》，1986 年第 1 期。

陈建功：《鬈毛》，中篇，《十月》，1986 年第 3 期。

冯骥才：《三寸金莲》，中篇，《收获》，1986 年第 3 期。

王　朔：《橡皮人》，中篇，《青年文学》，1986 年第 11、12 期。

张　炜：《古船》，长篇，《当代》，1986 年第 5 期。

王　蒙：《活动变人形》，长篇，《当代（长篇小说）》，1986 年 3 月号。

路　遥：《平凡的世界（第一部）》，长篇，《花城》，1986年第6期。

陆天明：《桑那高地的太阳》，长篇，《当代》，1986年第4期；人民文学出版社1987年出版。

蒋子龙：《蛇神》，长篇，《当代》，1986年第2期。

郑万隆：《生命的图腾》，小说集，中国文联出版公司，1986年。

梁晓声：《雪城》（上），长篇，《十月》，1986年第2、3、4期。

张抗抗：《隐形伴侣》，长篇，《收获》，1986年第4、5期。

李　锐：《厚土·合坟》，短篇，《上海文学》，1986年第11期。

铁　凝：《麦秸垛》，中篇，《收获》，1986年第5期。

王安忆：《六九届初中生》，长篇，中国青年出版社，1986年。

晓剑、严亭亭：《一代人的情歌》，长篇，四川人民出版社，1986年。

1987年

马　原：《错位》，短篇，《收获》，1987年第1期。

何士光：《苦寒行》，短篇，《人民文学》，1987年第4期。

朱春雨：《赔乐》，短篇，《中国作家》，1987年第3期。

王　朔：《顽主》，《收获》，1987年第6期。

《橡皮人》，中篇，《青年文学》，1987年第11、12期。

方　方：《白雾》，中篇，《人民文学》，1987年第8期。

《风景》，中篇，《当代作家》，1987年第5期。

刘震云：《塔铺》，中篇，《人民文学》，1987年第7期。

池　莉：《烦恼人生》，中篇，《上海文学》，1987年第8期。

苏　童：《1934年的逃亡》，中篇，《收获》，1987年第5期。

贾平凹：《浮躁》，长篇，《收获》，1987年第1期。

《故里》，中篇，《十月》，1987年第2期。

《商州》，长篇，北京十月文艺出版社，1987年。

莫　言：《红高粱家族》，长篇，解放军出版社，1987年。

张承志：《金牧场》，长篇，《昆仑》，1987年第2期；作家出版社1987年出版。

李心田：《流动的人格》，短篇，《人民文学》，1987年第10期。
柯云路：《新星》，长篇，《当代》1987年增刊，第3期。
李杭育：《流浪的土地》，长篇，作家出版社，1987年。
肖亦农：《红橄榄》，中篇，《十月》，1987年第6期。
航　鹰：《寻根儿》，中篇，《中国作家》，1987年第1期。
老　鬼：《血色黄昏》，长篇，工人出版社，1987年。
朱晓平：《私刑》，作品集，中国文联出版公司，1987年。

1988年

多　多：《最后一曲》，《北京文学》，1988年第6期。
刘　恒：《白涡》，中篇，《中国作家》，1988年第1期。
　　　　《伏羲伏羲》，中篇，《北京文学》，1988年第3期。
梁晓声：《雪城》（下），《十月》，1988年第1、2、3期。
吴若增：《长尾巴的人》，短篇，《作家》，1987年第10期。
浩　然：《苍生》，长篇，北京十月文艺出版社，1988年3月。
柯云路：《衰与荣（下卷）》，长篇，《当代》，1988年第1期。
叶兆言：《桃花源记》，《人民文学》，1988年第2期。
刘心武：《白牙》，《人民文学》，1988年第3期。
周大新：《紫雾》，《人民文学》，1988年第8期。
格　非：《大年》，中篇，《上海文学》，1988年第8期。
吕　新：《瓦楞上的青草》，短篇，《上海文学》，1988年第9期。
王安忆：《悲恸之地》，中篇，《上海文学》，1988年第11期。
李庆西：《大车店——《白狼草甸》之二》，短篇，《上海文学》，1988年第12期。

1989年

池　莉：《不谈爱情》，中篇，《上海文学》，1989年第1期。
苏　童：《平静如水》，中篇，《上海文学》，1989年第1期。
叶兆言：《艳歌》，中篇，《上海文学》，1989年第2期。

刘庆邦：《找死》，中篇，《上海文学》，1989年第3期。

范小青：《光圈》，中篇，《上海文学》，1989年第5期。

《扼子花开六瓣头》，中篇，《上海文学》，1989年第11期。

孙甘露：《夜晚的语言》，短篇，《上海文学》，1989年第5期。

吕　新：《青草遮断他的歌声》，短篇，《上海文学》，1989年第8期。

林　白：《同心爱者不能分手》，中篇，《上海文学》，1989年第10期。

徐　星：《爱情故事》，短篇，《上海文学》，1989年第10期。

刘震云：《头人》，中篇，《青年文学》，1989年第1期。

《单位》，中篇，《北京文学》，1989年第2期。

《官场》，中篇，《人民文学》，1989年第4期。

铁　凝：《棉花垛》，中篇，《人民文学》，1989年第2期。

王　朔：《一点正经没有》，中篇，《中国作家》，1989年第4期。

《千万不要把我当人》，长篇，《钟山》，1989年4、5、6期。

《永失我爱》，中篇，《当代》，1989年6期。

《玩的就是心跳》，长篇，作家出版社，1989年。

张　炜：《远行之嘱》，短篇，《人民文学》，1989年第7期。

贾平凹：《太白山记》，《上海文学》，1989年第8期。

林斤澜：《氤氲——续十瘟之一》，短篇，《人民文学》，1989年第3期。

《万岁——续十瘟之二》，短篇，《上海文学》，1989年第6期。

余　华：《鲜血梅花》，《人民文学》，1989年第3期。

张　炜：《远行之嘱》，中篇，《人民文学》，1989年第7期。

1990年

杨争光：《黑风景》，中篇，《收获》，1990年第1期。

余　华：《偶然事件》，中篇，《长城》，1990年第1期。

北　村：《劫持者说》，短篇，《长城》，1990年第1期。

马　原：《北陵寺等候扎西达娃》，短篇，《长城》，1990年第1期。

格　非：《敌人》，长篇，《收获》，1990年第2期。

《呼哨》，短篇，《时代文学》，1990年第5期。

苏　童:《已婚男人杨泊》，中篇，《作家》，1990 年第 4 期。

《妇女生活》，中篇，《花城》，1990 年第 5 期。

方　方:《祖父在父亲心中》中篇，《上海文学》，1990 年第 4 期。

《落日》，长篇，《钟山》，1990 年第 6 期。

叶兆言:《半边营》，中篇，《收获》，1990 年第 3 期。

吕　新:《人家的姑娘有花戴》，中篇，《青年文学》，1990 年第 7 期。

《空旷之年》，短篇，《作家》，1990 年第 11 期。

贾平凹:《美穴地》，中篇，《人民文学》，1990 年第 7、8 期合刊。

《白朗》，中篇，《中国作家》，1990 年第 6 期。

阎连科:《瑶沟人的梦》，中篇，《十月》，1990 年第 4 期。

王安忆:《叔叔的故事》，中篇，《收获》，1990 年第 6 期。

池　莉:《太阳出世》，中篇，《钟山》，1990 年第 4 期。

1991 年

苏　童:《离婚指南》，中篇，《收获》，1991 年第 5 期。

《狂奔》，短篇，《钟山》1991 年第 1 期。

《米》，长篇，《钟山》，1991 年第 3 期。

《红粉》，中篇，《小说家》，1991 年第 1 期。

《吹手向西》，短篇，《上海文学》，1991 年第 2 期。

《木壳收音机》，短篇，《人民文学》，1991 年第 7 期。

马　原:《双重生活》，中篇，《鸭绿江》，1991 年第 3 期。

柯云路:《陌生的小城》，《当代》，1991 年第 2 期。

池　莉:《冷也好热也好活着就好》，短篇，《小说林》，1991 年第 1、2 期合刊。

《金手》，中篇，《时代文学》，1991 年第 1 期。

《你是一条河》，中篇，《小说家》，1991 年第 3 期。

叶兆言:《采红菱》，中篇，《钟山》1991 年第 1 期。

高晓声:《陈奂生战术》，短篇，《钟山》1991 年第 1 期。

李　洱:《惘城》，短篇，《钟山》，1991 年第 3 期。

北　村：《聒噪者说》，中篇，《收获》1991年第1期。
阎连科：《中士还乡》，中篇，《时代文学》，1991年第2期。
《往返在塬梁》，中篇，《时代文学》，1991年第5期。
《黑乌鸦》，中篇，《收获》，1991年第5期。
冯骥才：《炮打双灯》，中篇，《收获》，1991年第5期。
刘震云：《一地鸡毛》，中篇，《小说家》，1991年第1期。
《故乡天下黄花》，长篇，《钟山》，1991年第2期。
《官人》，中篇，《青年文学》，1991年第4期。
吕　新：《葵花》，中篇，《小说家》，1991年第1期。
《太阳》，短篇，《上海文学》，1991年第4期。
《发现》，中篇，《花城》，1991年第6期。
王安忆：《妙妙》，中篇，《上海文学》1991年第2期。
《歌星日本来》，中篇，《小说家》，1991年第2期。
《米尼》，长篇，《芙蓉》，1991年第3期。
《乌托邦诗篇》，中篇，《钟山》，1991年第5期。
贾平凹：短篇小说《烟》，发表于《上海文学》1991年第2期。
《废都》，中篇，《人民文学》，1991年第10期。
《五魁》，中篇，《中国作家》，1991年第5期。
刘心武：《缺货》，短篇，《上海文学》，1991年第6期。
林　白：《日午》，短篇，《上海文学》，1991年第6期。
王　蒙：《搬家》，短篇，《上海文学》，1991年第7期。
李　锐：《传说之死》，中篇，《黄河》，1991年第2期。
张　洁：《日子》，中篇，《花城》，1991年第2期。
《柯先生的白天和夜晚》，短篇，《上海文学》，1991年第1期。
陈　染：《与往事干杯》，中篇，《钟山》，1991年第5期。
叶兆言：《挽歌》，中篇，《上海文学》，1991年第5期。
《日本鬼子来了》，中篇，《中国作家》，1991年第4期。
《绿色陷阱》，中篇，《时代文学》，1991年第4期。
王　蒙：《蜘蛛》，中篇，《花城》，1991年第3期。

扎西达娃:《野猫走过漫漫岁月》,中篇,《花城》,1991 年第 3 期。
王　朔:《我是你爸爸》,长篇,《收获》,1991 年第 3 期。
　　《无人喝彩》,中篇,《当代》,1991 年第 4 期。
　　《谁比谁傻多少》,中篇,《花城》,1991 年第 5 期。
　　《动物凶猛》,中篇,《收获》,1991 年第 6 期。
残　雪:《饲养毒蛇的小孩》,短篇,《收获》,1991 年第 6 期。
韩　东:《同窗共读》,短篇,《收获》,1991 年第 3 期。
潘　军:《流动的沙滩》,中篇,《钟山》,1991 年第 4 期。
杨争光:《赌徒》,中篇,《收获》,1991 年第 1 期。
迟子建:《在松鼠的故乡》,短篇,《人民文学》,1991 年第 7 期。
　　《树下》,长篇,《花城》,1991 年第 6 期。
莫　言:《怀抱鲜花的女人》,短篇,《人民文学》,1991 年第 7 期。
　　《白棉花》,中篇,《花城》,1991 年第 5 期。
方　方:《幸福之人》,短篇,《人民文学》,1991 年第 7 期。
　　《桃花灿烂》,中篇,《长江文艺》,1991 年第 8 期。
余　华:《夏季台风》,中篇,《钟山》,1991 年第 4 期。
　　《呼喊与细雨》,长篇,《收获》,1991 年第 6 期。
高晓声:《陈奂生出国》,中篇,《小说界》,1991 年第 4 期。
从维熙:《黑伞》,中篇,《中国作家》,1991 年第 3 期。
邓友梅:《死亡之乡》,中篇,《中国作家》,1991 年第 3 期。
韩少功:《鞋癖》,短篇,《上海文学》,1991 年第 10 期。
李杭育:《布景》,中篇,《收获》,1991 年第 5 期。
阿　来:《蘑菇》,短篇,《民族文学》,1991 年第 5 期。

1992 年

迟子建:《秧歌》,中篇,《收获》,1992 年第 1 期。
陈　染:《无处告别》,中篇,《小说家》,1992 年第 1 期。
王　朔:《你不是一个俗人》,中篇,《收获》,1992 年第 2 期。
　　《许爷》,中篇,《上海文学》,1992 年第 4 期。

《刘慧芳》，中篇，《钟山》，1992 年第 4 期。
池　莉：《白云苍狗谣》，中篇，《上海文学》，1992 年第 3 期。
《预谋杀人》，中篇，《中国作家》，1992 年第 2 期。
林　白：《一路红绸》，短篇，《中国作家》，1992 年第 2 期。
苏　童：《我的帝王生涯》，《花城》，1992 年第 2 期。
刘心武：《天伦王朝》，短篇，《上海文学》，1992 年第 5 期。
池　莉：《凝眸》，中篇，《小说界》，1992 年第 4 期。
王　蒙：《恋爱的季节》，长篇，《花城》，1992 年第 5 期、第 6 期。
贾平凹：《晚雨》，中篇，《十月》，1992 年第 4 期。
刘醒龙：《凤凰琴》，中篇，《青年文学》，1992 年第 5 期。
张　炜：《九月寓言》，长篇，《收获》，1992 年第 3 期。
吕　新：《残阳如血》，短篇，《北京文学》，1992 年第 6 期。
陈忠实：《白鹿原》，长篇，《当代》，1992 年第 6 期、1993 年第 1 期。
范小青：《菜花黄时》，中篇，《人民文学》，1992 年第 7 期。
残　雪：《旅途中的小游戏》，短篇，《小说界》，1992 年第 2 期。
《名人之死》，短篇，《芙蓉》，1992 年第 5 期。
阎连科：《寻找土地》，中篇，《收获》，1992 年第 4 期。
周　励：《曼哈顿的中国女人》，长篇，《十月》，1992 年第 1 期。
莫　言：《梦境与杂种》，中篇，《钟山》，1992 年第 6 期。
格　非：《傻瓜的诗篇》，中篇，《钟山》，1992 年第 5 期。
陈　染：《站在无人的风口》，短篇，《花城》，1992 年第 5 期。
《嘴唇里的阳光》，短篇，《小说家》，1992 年第 5 期。
洪　峰：《东八时区》，长篇，《收获》1992 年第 5 期。
刘醒龙：《秋风醉了》，中篇，《长江文艺》，1992 年第 11 期。

1993 年

苏　童：《烧伤》，短篇，《花城》，1993 年第 1 期。
《纸》，短篇，《收获》，1993 年第 6 期。
吕　新：《抚摸》，长篇，《花城》，1993 年第 1 期。

《隐蔽》，中篇，《人民文学》，1993 年第 12 期。

《五里一徘徊》，中篇，《收获》，1993 年第 3 期。

《中暑》，短篇，《上海文学》，1993 年第 11 期。

格　非：《锦瑟》，中篇，《花城》，1993 年第 1 期。

余　华：《一个地主的死》，中篇，《钟山》，1993 年第 1 期。

《祖先》，中篇，《江南》，1993 年第 1 期。

《命中注定》，短篇，《人民文学》，1993 年第 7 期。

莫　言：《二姑随后就到》，中篇，《人民文学》，1993 年第 7 期。

刘　恒：《苍河白日梦》，长篇，《收获》，1993 年第 1 期。

刘震云：《温故一九四二》，中篇，《作家》，1993 年第 2 期。

《故乡相处流传》，长篇，《钟山》，1993 年第 2 期。

史铁生：《第一人称》，中篇，《钟山》，1993 年第 2 期。

方　方：《行为艺术》，中篇，《中国作家》，1993 年第 2 期。

迟子建：《守灵人不说话》，短篇，《作家》，1993 年第 3 期。

阎连科：《和平寓言》，中篇，《收获》，1993 年第 2 期。

《名妓李师师与她的后裔》，中篇，《百花洲》，1993 年第 4 期。

汪曾祺：《鲍团长》，短篇，《小说家》，1993 年第 2 期。

叶兆言：《爱情规则》，中篇，《花城》，1993 年第 3 期。

王安忆：《纪实和虚构》，长篇，《收获》，1993 年第 2 期。

刘醒龙：《暮时课诵》，中篇，《上海文学》，1993 年第 4 期。

王　蒙：《棋乡轶闻》，短篇，《上海文学》，1993 年第 4 期。

铁　凝：《对面》，中篇，《小说家》，1993 年第 3 期。

韩　东：《树杈间的月亮》，短篇，《人民文学》，1993 年第 8 期。

残　雪：《双脚像渔网一样的女人》，短篇，《湖南文学》，1993 年第 5 期。

《索债者》，短篇，《广州文艺》，1993 年第 10 期。

《归途》，短篇，《上海文学》，1993 年第 11 期。

东　西：《迈出时间的门槛》，中篇，《花城》，1993 年第 3 期。

北　村：《施洗的河》，长篇，《花城》，1993 年第 3 期。

迟子建：《香坊》，中篇，《钟山》，1993 年第 3 期。

王安忆：《伤心太平洋》，中篇，《收获》，1993年第3期。
《进江南记》，中篇，《作家》，1993年第7期。
《香港的情和爱》，中篇，《上海文学》，1993年第8期。
陈　染：《潜性逸事》，中篇，《收获》，1993年第3期。
《巫女和她的梦中之门》，中篇，《花城》，1993年第5期。
毕飞宇：《那个男孩是我》，短篇，《作家》，1993年第6期。
《驾纸飞机飞行》，短篇，《收获》，1993年第4期。
《没有再见》，短篇，《上海文学》，1993年第9期。
《祖宗》，短篇，《钟山》，1993年第6期。
刘心武：《竹里馆》《见鬼》，短篇，《上海文学》，1993年第6期。
贾平凹：《废都》，长篇，《十月》，1993年第4期。
林　白：《回廊之椅》《瓶中之水》，中篇，《钟山》，1993年第4期。
《飘散》，中篇，《花城》，1993年第5期。
北　村：《张生的婚姻》，中篇，《收获》，1993年第4期。
格　非：《湮灭》，中篇，《收获》，1993年第4期。
《雨季的感觉》《公案》，短篇，《钟山》，1993年第5期。
李　洱：《导师死了》，中篇，《收获》，1993年第4期。
潘　军：《夏季传说》，中篇，《收获》，1993年第6期。
洪　峰：《和平年代》，长篇，《花城》，1993年第5期。
《初恋》，中篇，《江南》，1993年第5期。
池　莉：《紫陌红尘》，中篇，《青年文学》，1993年第9期。
阿　来：《少年诗篇》，短篇，《上海文学》，1993年第10期。
汪曾祺：《小姨娘》《忧郁症》《仁慧》，短篇，《小说家》，1993年第6期。
《露水》，短篇，《十月》，1993年第6期。
鲁彦周：《乱伦》，中篇，《中国作家》，1993年第6期。
乌热尔图：《丛林幽幽》，中篇，《收获》，1993年第6期。

1994年

叶兆言：《日记中的笔会》，短篇，《作家》，1994年第1期。

《花煞》，中篇，《钟山》，1994 年第 2 期。

《结局或开始》，短篇，《山花》，1994 年第 5 期。

《夜来香》，中篇，《大家》，1994 年第 1 期。

邓　刚：《远东浪荡》，中篇，《小说界》，1994 年第 1 期。

残　雪：《痕》，中篇，《人民文学》，1994 年第 1 期。

《匿名者》，短篇，《北京文学》，1994 年第 3 期。

《患血吸虫病的小人》，短篇，《上海文学》，1994 年第 7 期。

《不祥的呼喊声》，短篇，《长江文艺》，1994 年第 8 期。

霍　达：《未穿的红嫁衣》，长篇，《人民文学》，1994 年第 1 期。

阎连科：《耙耧山脉》，短篇，《萌芽》，1994 年第 2 期。

《和平战》，中篇，《中国作家》，1994 年第 4 期。

《天宫图》，中篇，《收获》，1994 年第 4 期。

《行色匆匆》，中篇，《小说家》，1994 年第 5 期。

邓一光：《鸟儿有巢》，中篇，《长江文艺》，1994 年第 1 期。

吕　新：《中国屏风》，中篇，《花城》，1994 年第 1 期。

《我们的谷仓》，中篇，《大家》，1994 年第 3 期。

《荒书》，中篇，《收获》，1994 年第 4 期。

《砒霜》，短篇，《钟山》，1994 年第 6 期。

北　村：《孙权的故事》，中篇，《花城》，1994 年第 1 期。

《情况》，中篇，《长城》，1994 年第 1 期。

《武则天》，长篇，《小说家》，1994 年第 1 期。

《玛卓的爱情》，中篇，《收获》，1994 年第 2 期。

《运动》，短篇，《上海文学》，1994 年第 5 期。

《破伤风》，短篇，《山花》，1994 年 12 期。

《最后的艺术家》，中篇，《大家》，1994 年第 3 期。

史铁生：《别人》，短篇，《花城》，1994 年第 1 期。

扎西达娃：《营地・部落・圣地》，短篇，《青年文学》，1994 年第 1 期。

苏　童：《紫檀木球》（后更名为《武则天》），长篇，《大家》，1994 第 1 期（创刊号）。

《城北地带》，长篇，《钟山》，1993 年第 4 期—1994 年第 4 期。
《樱桃》，短篇，《作家》，1994 年第 3 期。
《与哑巴结婚》，短篇，《花城》，1994 年第 2 期。
《什么是爱情》，短篇，《江南》，1994 年第 3 期。
《小莫》，短篇，《大家》，1994 年第 3 期。
《桥边茶馆》《一个叫板墟的地方》，短篇，《青年文学》，1994 年第 7 期。
《肉联厂的春天》，中篇，《收获》，1994 年第 5 期。
《一朵云》，短篇，《山花》，1994 年第 10 期。

格　非：《相遇》，中篇，《大家》，1994 年第 1 期。

陈　染：《饥饿的口袋》，短篇，《大家》，1994 年第 1 期。
《与假想心爱者在梦中守望》，短篇，《花城》，1994 年第 3 期。

迟子建：《回朔七侠镇》，短篇，《大家》，1994 年第 1 期。
《向着白夜旅行》，中篇，《收获》，1994 年第 1 期。
《洋铁桶叮当响》，中篇，《青年文学》，1994 年第 5 期。
《逝川》，短篇，《收获》，1994 年第 5 期。
《晨钟响彻黄昏》，长篇，《小说家》，1994 年第 5 期。
《庙中的长信》，短篇，《山花》，1994 年第 12 期。

冯骥才：《市井人物》，短篇，《收获》，1994 年第 1 期。

刘心武：《香姑姑》，中篇，《大家》，1994 年第 1 期。
《影星和我》，短篇，《作家》，1994 年第 6 期。
《五龙亭》中篇，《小说界》，1994 年第 6 期。

洪　峰：《喜剧之年》，长篇，《江南》，1994 年第 1 期。
《几度夕阳红》，中篇，《大家》，1994 年第 2 期。

鲁彦周：《春风一度》，中篇，《小说界》，1994 年第 2 期。

林　白：《一个人的战争》，长篇，《花城》，1994 年第 2 期。
《青苔与火车的叙事》，中篇，《作家》，1994 年第 4 期。
《墙上的眼睛》《枝繁叶茂的女人》，短篇，《青年文学》，1994 年第 11 期。

潘　军:《爱情岛》，中篇，《花城》，1994 年第 2 期。
张　炜:《西行漫记》，中篇，《长城》，1994 年第 2 期。
方　方:《凶案》，中篇，《长江文艺》，1994 年第 4 期。
《何处是我家园》，中篇，《花城》，1994 年第 5 期。
刘庆邦:《家道》中篇，《北京文学》，1994 年第 5 期。
《继父》，短篇，《人民文学》，1994 年第 6 期。
王小波:《革命时期的爱情》，中篇，《花城》，1994 年第 3 期。
刘醒龙:《白菜萝卜》，中篇，《江南》，1994 年第 3 期。
《威风凛凛》，长篇，《芙蓉》，1994 年第 4 期。
韩　东:《烟火》，短篇，《青年文学》，1994 年第 6 期。
《请李元画像》，短篇，《收获》，1994 年第 5 期。
《下放地》，短篇，《作家》，1994 年第 10 期。
王　蒙:《失态的季节》，长篇，《当代》，1994 年第 3 期。
《暗杀》，长篇，《大家》，1994 年第 6 期。
范　稳:《虚拟现实》，中篇，《大家》，1994 年第 6 期。
毕飞宇:《楚水》，中篇，《花城》，1994 年第 4 期。
《叙事》，中篇，《收获》，1994 年第 4 期。
《大热天》，中篇，《小说家》，1994 年第 4 期。
《雨天的棉花糖》，中篇，《青年文学》，1994 年第 9 期。
余　华:《战栗》，中篇，《花城》，1994 年第 5 期。
《在桥上》《炎热的夏天》，短篇，《青年文学》，1994 年第 10 期。
东　西:《原始坑洞》，短篇，《花城》，1994 年第 5 期。
《大路朝天》，中篇，《人民文学》，1994 年第 11 期。
朱　文:《吃了一个苍蝇》，中篇，《十月》，1994 年第 5 期。
《让你尝到一点乐趣》，短篇，《收获》，1994 年第 6 期。
邱华栋:《眼睛的盛宴》，短篇，《北京文学》，1994 年第 10 期。
《新美人》，短篇，《青年文学》，1994 年第 11 期。
浩　然:《衣扣》，短篇，《作家》，1994 年第 11 期。
李　洱:《加歇先生》，中篇，《人民文学》，1994 年第 11 期。

池　莉：《静物》，短篇，《长城》，1994 年第 6 期。
洪　峰：《日出以后的风景》，中篇，《收获》，1994 年第 6 期。

1995 年

韩少功：《山上的声音》，短篇，《作家》，1995 年第 1 期。
　　《余烬》，短篇，《上海文学》，1995 年第 1 期。
　　《暗香》，短篇，《作家》，1995 年第 2 期。
邱华栋：《手上的时光》，中篇，《上海文学》，1995 年第 1 期。
　　《公关人》《直销人》，短篇，《山花》，1995 年第 3 期。
王　蒙：《寻湖》，短篇，《北京文学》，1995 年第 1 期。
从维熙：《祭红——世纪末故事》，中篇，《北京文学》，1995 年第 1 期。
张　洁：《楔子》，短篇，《北京文学》，1995 年第 1 期。
刘心武：《很简单却又很难准备的礼物》，短篇，《北京文学》，1995 年第 1 期。
　　《袜子上的鲜花》，短篇，《山花》，1995 年第 2 期。
　　《戳破》，中篇，《钟山》，1995 年第 6 期。
陈　染：《凡墙都是门》，中篇，《花城》，1995 年第 1 期。
　　《另一只耳朵的敲击声》，中篇，《钟山》，1995 年第 1 期。
　　《沙漏街的卜语》，中篇，《大家》，1995 年第 1 期。
北　村：《消灭》，中篇，《大家》，1995 年第 1 期。
韩　东：《三人行》，中篇，《钟山》，1995 年第 1 期。
　　《障碍》，中篇，《花城》，1995 年第 4 期。
　　《同窗共度》，中篇，《收获》，1995 年第 4 期。
林　白：《致命的飞翔》，中篇，《花城》，1995 年第 1 期。
　　《守望空心岁月》，长篇，《花城》，1995 年第 4 期。
　　《似曾相识的爱情》，短篇，《上海文学》，1995 年第 12 期。
阎连科：《和平殇》，中篇，《花城》，1995 年第 1 期。
　　《在和平的日子里》，中篇，《钟山》，1995 年第 1 期。
残　雪：《历程》，短篇，《钟山》，1995 年第 1 期。

《重叠》，中篇，《人民文学》，1995 年第 3 期。

苏　童：《饲养公鸡的人》，短篇，《钟山》，1995 年第 1 期。

《把你的脚捆起来》，短篇，《上海文学》，1995 年第 5 期。

《那种人》，短篇，《花城》，1995 年第 3 期。

《玉米爆炸记》，短篇，《长江文艺》，1995 年第 7 期。

《三盏灯》，中篇，《收获》，1995 年第 5 期。

《蝴蝶与棋》，短篇，《大家》，1995 年第 5 期。

《亲戚们谈论的事情》，短篇，《大家》，1995 年第 6 期。

池　莉：《你以为你是谁》，中篇，《中国作家》，1995 年第 1 期。

吕　新：《小姐》，中篇，《人民文学》，1995 年第 2 期。

《光线》，长篇，《花城》，1995 年第 3 期。

东　西：《跟踪高动》，短篇，《山花》，1995 年第 3 期。

《抒情时代》，短篇，《作家》，1995 年第 4 期。

《美丽的窒息》，短篇，《花城》，1995 年第 5 期。

王安忆：《长恨歌》，长篇，《钟山》，1995 年第 2、3、4 期。

迟子建：《岸上的美奴》，中篇，《钟山》，1995 年第 2 期。

《原野上的羊群》，中篇，《大家》，1995 年第 2 期。

《亲亲土豆》，短篇，《作家》，1995 年第 6 期。

陆文夫：《人之窝》，长篇，《小说界》，1995 年第 2、4 期。

张　炜：《柏慧》，长篇，《收获》，1995 年第 2 期。

《家族——你在高原》，长篇，《当代》，1995 年第 5 期。

叶兆言：《风雨无乡》，中篇，《收获》，1995 年第 2 期。

《作家林美女士》，短篇，《山花》，1995 年第 6 期。

《情人鲁汉民》，短篇，《长江文艺》，1995 年第 7 期。

《古岭事件及其他》，中篇，《大家》，1995 年第 6 期。

余　华：《他们的儿子》，短篇，《收获》，1995 年第 2 期。

《女人的胜利》，短篇，《北京文学》，1995 年第 11 期。

《许三观卖血记》，长篇，《收获》，1995 年第 6 期。

王小波：《未来世界》，中篇，《花城》，1995 年第 3 期。

朱　文：《我爱美元》，中篇，《小说家》，1995年第3期。
《尽情狂欢》，中篇，《山花》，1995年第11期。
《三生修得同船渡》，中篇，《钟山》，1995年第6期。
毕飞宇：《是谁在深夜说话》，短篇，《人民文学》，1995年第6期。
《武松打虎》，短篇，《花城》，1995年第5期。
《生活边缘》，中篇，《小说家》，1995年第5期。
《受伤的猫头鹰》，短篇，《山花》，1995年第11期。
池　莉：《化蛹为蝶》，中篇，《人民文学》，1995年第7期。
阿　来：《月光里的银匠》，中篇，《人民文学》，1995年第7期。
刘庆邦：《小呀小姐姐》，短篇，《山花》，1995年第7期。
汪曾祺：《兽医》，短篇，《十月》，1995年第4期。
格　非：《欲望的旗帜》，长篇，《收获》，1995年第5期。
莫　言：《丰乳肥臀》，长篇，《大家》，1995年第5、6期。
李　洱：《缝隙》，中篇，《人民文学》，1995年第10期。
冯骥才：《石头说话》，中篇，《十月》，1995年第6期。

1996年

苏　童：《公园》，短篇，《作家》，1996年第1期。
《霍乱》，短篇，《天涯》，1996年第1期。
《表姐来到马桥镇》，短篇，《萌芽》，1996年第1期。
《红桃Q》《新天仙配》，短篇，《收获》，1996年第3期。
《灼热的天空》，中篇，《大家》，1996年第5期。
《世界上最荒凉的动物园》，短篇，《山花》，1996年6期。
《天使的粮食》，短篇，《北京文学》，1996年第11期。
《两个厨子》，短篇，《收获》，1996年第6期。
洪　峰：《城市睡眠》，短篇，《作家》，1996年第1期。
叶兆言：《哭泣的小猫》，短篇，《天涯》，1996年第1期。
《1937年的爱情》，长篇，《收获》，1996年第4期。
王小波：《2015》，中篇，《花城》，1996年第1期。

池　莉：《绝代佳人》，短篇，《大家》，1996 年第 1 期。
　　　　《汉口，永远的浪漫》，短篇，《作家》，1996 年第 1 期。
何　顿：《荒原上的阳光》，长篇，《大家》，1996 年第 1 期。
方　方：《暗示》，中篇，《天涯》，1996 年第 1 期。
　　　　《定数》，中篇，《山花》，1996 年第 3 期。
　　　　《状态》，中篇，《上海文学》，1996 年第 3 期。
刘醒龙：《分享艰难》，中篇，《上海文学》，1996 年第 1 期。
　　　　《割麦插秧》，中篇，《人民文学》，1996 年第 10 期。
　　　　《往事温柔》，长篇，《长城》，1996 年第 6 期。
王安忆：《我爱比尔》，中篇，《收获》，1996 年第 1 期。
　　　　《姊妹们》，中篇，《上海文学》，1996 年第 4 期。
东　西：《没有语言的生活》，中篇，《收获》，1996 年第 1 期。
　　　　《我们的父亲》，短篇，《作家》，1996 年第 5 期。
　　　　《睡觉》，中篇，《钟山》，1996 年第 3 期。
　　　　《慢慢成长》，中篇，《人民文学》，1996 年第 7 期。
韩　东：《此呆已死》，短篇，《山花》，1996 年第 1 期。
　　　　《曹旭回来了，又走了》，短篇，《天涯》，1996 年第 2 期。
　　　　《明亮的疤痕》，短篇，《人民文学》，1996 年第 7 期。
阎连科：《生死晶黄》，中篇，《春风》，1996 年第 10 期。
格　非：《瓦卜吉司之夜》，短篇，《特区文学》，1996 年第 1 期。
　　　　《谜语》《窗前》，短篇，《作家》，1996 年第 6 期。
　　　　《时间的炼金术》，中篇，《钟山》，1996 年第 5 期。
　　　　《喜悦无限》，短篇，《人民文学》，1996 年第 11 期。
残　雪：《不断修正的原则》，短篇，《时代文学》，1996 年第 1 期。
　　　　《与虫子有关的事》，中篇，《上海文学》，1996 年第 3 期。
　　　　《新生活》，中篇，《大家》，1996 年第 3 期。
　　　　《美丽的玉林湖》，短篇，《小说界》，1996 年第 3 期。
　　　　《掩埋》，短篇，《作家》，1996 年第 8 期。
　　　　《迷惘》，短篇，《人民文学》，1996 年第 10 期。

汪曾祺：《关老爷》，短篇，《小说界》，1996 年第 3 期。
《唐门三杰》，短篇，《天涯》，1996 年第 4 期
《小孃孃》，短篇，《收获》，1996 年第 4 期。
马　原：《平凡生活的魅力》，短篇，《东海》，1996 年第 1 期。
鲁彦周：《迷沼》，长篇，《人民文学》，1996 年第 2 期。
邱华栋：《电视人基努·里夫斯》，短篇，《人民文学》，1996 年第 2 期。
《哭泣游戏》，中篇，《钟山》，1996 年第 5 期。
《白昼的消息》，中篇，《花城》，1996 年第 6 期。
叶蔚林：《再生》，中篇，《大家》，1996 年第 5 期。
关仁山：《大雪无乡》，中篇，《中国作家》，1996 年第 2 期。
《破产》，中篇，《人民文学》，1996 年第 5 期。
《九月还乡》，中篇，《十月》，1996 年第 3 期。
陈　染：《私人生活》，长篇，《花城》，1996 年第 2 期。
海　男：《金钱问题》，中篇，《花城》，1996 年第 2 期。
北　村：《强暴》，中篇，《天涯》，1996 年第 2 期。
迟子建：《白银那》，中篇，《大家》，1996 年第 2 期。
《银盘》，中篇，《山花》，1996 年第 6 期。
《日落碗窑》，中篇，《中国作家》，1996 年第 4 期。
《雾月牛栏》，短篇，《收获》，1996 年第 5 期。
韩少功：《马桥词典》，长篇，《小说界》，1996 年第 2 期。
吕　新：《一个秋天的晚上》，短篇，《作家》，1996 年第 4 期。
《阴沉》，中篇，《花城》，1996 年第 6 期。
《梅雨》，长篇，《大家》，1996 年第 6 期，1997 年第 2、3 期。
潘　军：《白底黑斑蝴蝶》，短篇，《作家》，1996 年第 4 期。
《小姨在天上放羊》，短篇，《山花》，1996 年第 8 期。
《纪念少女斯》，短篇，《作家》，1996 年第 10 期。
张　炜：《致不孝之子》，短篇，《长江文艺》，1996 年第 4 期。
《瀛洲思絮录》，中篇，《钟山》，1996 年第 5 期。
王　蒙：《冬季》，短篇，《上海文学》，1996 年第 4 期。

鬼　子：《谁开的门》，中篇，《作家》，1996年第5期。
　　　　《走进意外》，短篇，《花城》，1996年第3期。
　　　　《农村弟弟》，中篇，《钟山》，1996年第6期。
刘庆邦：《家园何处》，中篇，《小说界》，1996年第4期。
　　　　《月亮弯弯照九州》，中篇，《人民文学》，1996年第11期。
刘心武：《栖凤楼》，长篇，《当代》，1996年第3期。
林斤澜：《九梦》，中篇，《十月》，1996年第3期。
史铁生：《关于一部以电影作舞台背景的戏剧之设想》，中篇，《钟山》，1996年第4期。
　　　　《老屋小记》，中篇，《东海》，1996年第8期。
邓一光：《我是太阳》，长篇，《当代》，1996年第4期。
毕飞宇：《哺乳期的女人》，短篇，《作家》，1996年第8期。
　　　　《家里乱了》，中篇，《小说界》，1996年第5期。
余　华：《我的故事》，中篇，《东海》，1996年第9期。
刘　恒：《天知地知》，中篇，《北京文学》，1996年第9期。
贾平凹：《制造声音》，短篇，《大家》，1996年第5期。

1997年

余　华：《黄昏里的男孩》，短篇，《作家》，1997年第1期。
铁　凝：《秀色》，中篇，《人民文学》，1997年第1期。
　　　　《小郑在大楼里》，短篇，《北京文学》，1997年第5期。
　　　　《午后悬崖》，中篇，《大家》，1997年第4期。
　　　　《发烧发烧》（中篇），《安德烈的晚上》（短篇），《青年文学》，1997年第10期。
池　莉：《云破处》，中篇，《花城》，1997年第1期。
　　　　《霍乱之乱》，中篇，《大家》，1997年第6期。
陈　染：《时间不逝，圆圈不圆》，中篇，《花城》，1997年第1期。
阿　来：《行刑人尔依》，中篇，《花城》，1997年第1期。
　　　　《非正常死亡》，中篇，《四川文学》，1997年第4期。

刘庆邦：《鞋》，短篇，《北京文学》，1997 年第 1 期。
《月光依旧》，中篇，《十月》，1997 年第 3 期。
东　西：《美丽金边的衣裳》，中篇，《江南》，1997 年第 1 期。
《反义词大楼》，短篇，《山花》，1997 年第 9 期。
《耳光响亮》，长篇，《花城》，1997 年第 6 期。
张　洁：《梦当好处成乌有》，中篇，《天涯》，1997 年第 1 期。
李　锐：《万里无云》，长篇，《钟山》，1997 年第 1 期。
阎连科：《年月日》，中篇，《收获》，1997 年第 1 期。
苏　童：《告诉他们，我乘白鹤去了》，短篇，《收获》，1997 年第 1 期。
《菩萨蛮》，长篇，《收获》，1997 年第 4 期。
《神女峰》，短篇，《小说家》，1997 年第 4 期。
韩　东：《放松》，中篇，《长城》，1997 年第 1 期。
《双拐记》，短篇，《北京文学》，1997 年第 3 期。
刘醒龙：《寂寞歌唱》，长篇，《小说家》，1997 年第 1 期。
《爱到永远》，长篇，《收获》，1997 年第 5 期。
吕　新：《绸缎似的村庄》，中篇，《花城》，1997 年第 2 期。
《副虹》，短篇，《长江文艺》，1997 年第 5 期。
《青纱帐》，中篇，《山花》，1997 年第 8 期。
王小波：《白银时代》，中篇，《花城》，1997 年第 2 期。
《红拂夜奔》，中篇，《小说界》，1997 年第 2 期。
叶兆言：《王金发考》，中篇，《大家》，1997 年第 4 期。
格　非：《月亮花》，短篇，《小说家》，1997 年第 2 期。
《沉默》，短篇，《天涯》，1997 年第 5 期。
《赝品》，中篇，《收获》，1997 年第 5 期。
鬼　子：《苏通之死》，中篇，《收获》，1997 年第 2 期。
《被雨淋湿的河》，中篇，《人民文学》，1997 年第 5 期。
王　蒙：《踌躇的季节》，长篇，《当代》，1997 年第 2 期。
贾平凹：《玻璃》，短篇，《人民文学》，1997 年第 4 期。
《观我》，中篇，《大家》，1997 年第 5 期。

残　雪：《雨景》，短篇，《长江文艺》，1997 年第 5 期。
《开凿》，中篇，《花城》，1997 年第 3 期。

林　白：《说吧，房间》，长篇，《花城》，1997 年第 3 期。

张　炜：《远河远山》，中篇，《花城》，1997 年第 4 期。

王安忆：《屋顶上的童话》，短篇，《天涯》，1997 年第 3 期。
《蚌埠》，短篇，《上海文学》，1997 年第 10 期。
《文工团》，中篇，《收获》，1997 年第 6 期。

迟子建：《逆行精灵》，中篇，《钟山》，1997 年第 3 期。
《九朵蝴蝶花》，中篇，《大家》，1997 年第 6 期。

毕飞宇：《哥俩好》，中篇，《钟山》，1997 年第 3 期。
《林红的假日》，中篇，《小说界》，1997 年第 3 期。
《火车里的天堂》，短篇，《人民文学》，1997 年第 6 期。

叶　弥：《成长如蜕》，中篇，《钟山》，1997 年第 4 期。

潘　军：《三月一日》，中篇，《收获》，1997 年第 5 期。

李　洱：《错误》，短篇，《人民文学》，1997 年第 10 期。

刘　恒：《贫嘴张大民的幸福生活》，中篇，《北京文学》，1997 年第 10 期。

邱华栋：《翻谱小姐》，短篇，《北京文学》，1997 年第 10 期。
《平面人》，中篇，《小说界》，1997 年第 6 期。

刘心武：《绣鸳鸯》，短篇，《北京文学》，1997 年第 12 期。

1998 年

东　西：《戏看》，短篇，《作家》，1998 年第 1 期。
《目光俞拉越长》，中篇，《人民文学》，1998 年第 1 期。
《好像要出事了》，《青年文学》，1998 年第 2 期。
《痛苦比赛》，中篇，《小说家》，1998 年第 3 期。

刘醒龙：《大树还小》，中篇，《上海文学》，1998 年第 1 期。
《浪漫挣扎》，中篇，《青年文学》，1998 年第 6 期。

麦　家：《几则日记或什么也不是》，中篇，《山花》，1998 年第 1 期。

迟子建：《朋友们来看雪吧》，短篇，《山花》，1998 年第 1 期。
　　　　《观彗记》，中篇，《花城》，1998 年第 1 期。
　　　　《清水洗尘》，短篇，《青年文学》，1998 年第 8 期。
王小波：《绿毛水怪》，中篇，《花城》，1998 年第 1 期。
刘震云：《故乡面和花朵》，长篇，《天涯》1998 年第 1 期选载；《小说家》1998 年第 2 期选载；《花城》，1998 年第 4 期选载。
莫　言：《拇指铐》，短篇，《钟山》，1998 年第 1 期。
　　　　《蝗虫奇谈》，短篇，《山花》，1998 年第 5 期。
　　　　《白杨树里的战斗》，短篇，《北京文学》，1998 年第 8 期。
　　　　《一匹倒挂在杏树上的狼》，短篇，《北京文学》，1998 年第 10 期。
李　洱：《现场》，中篇，《收获》，1998 年第 1 期。
　　　　《玻璃》，中篇，《作家》，1998 年第 3 期。
　　　　《奥斯卡超级市场》，短篇，《山花》，1998 年第 5 期。
叶兆言：《关于饕餮的故事梗概》，中篇，《作家》，1998 年第 2 期。
　　　　《别人的房间》，中篇，《花城》，1998 年第 3 期。
阎连科：《大校》，中篇，《解放军文艺》，1998 年第 2 期。
　　　　《日光流年》，长篇，《花城》，1998 年第 6 期。
贾平凹：《小人物》，短篇，《收获》，1998 年第 1 期。
　　　　《高老庄》，《收获》，1998 年第 4、5 期。
从维熙：《龟碑》，长篇，《小说界》，1998 年第 2 期。
苏　童：《过渡》，短篇，《人民文学》，1998 年第 3 期。
　　　　《小偷》，短篇，《收获》，1998 年第 2 期。
　　　　《人造风景》，短篇，《十月》，1998 年第 5 期。
北　村：《东张的心情》，中篇，《花城》，1998 年第 2 期。
　　　　《老木的琴》，中篇，《大家》，1998 年第 3 期。
卫　慧：《像卫慧那样疯狂》，中篇，《钟山》，1998 年第 2 期。
韩　东：《在码头》，中篇，《收获》，1998 年第 2 期。
刘庆邦：《春天的仪式》，短篇，《人民文学》，1998 年第 4 期。
　　　　《一个聪明人和一个精神病患者》，短篇，《北京文学》，1998 年第 7 期。

格　非：《未来》，短篇，《山花》，1998 年第 4 期。

《打秋千》，中篇，《收获》，1998 年第 6 期。

阿　来：《尘埃落定》（第 1—4 章），长篇，《当代》，1998 年第 2 期。

残　雪：《海的诱惑》，中篇，《作家》，1998 年第 5 期。

《下山》，中篇，《山花》，1998 年第 7 期。

王安忆：《忧伤的年代》，中篇，《花城》，1998 年第 3 期。

《轮渡上》，短篇，《上海文学》，1998 年第 8 期。

《隐居的时代》，中篇，《收获》，1998 年第 5 期。

张　洁：《无字》（第 1 部下卷），长篇，《小说界》，1998 年第 4 期。

洪　峰：《海水河水也结冰》，长篇，《大家》，1998 年第 4 期。

池　莉：《小姐你早》，中篇，《收获》，1998 年第 4 期。

《致无尽岁月》，中篇，《当代》，1998 年第 5 期。

孙惠芬：《还乡》，中篇，《青年文学》，1998 年第 8 期。

方　方：《过程》，中篇，《天涯》，1998 年第 5 期。

卢新华：《细节》，中篇，《钟山》，1998 年第 6 期。

吴　玄：《未城跳蚤》，短篇，《人民文学》，1998 年第 12 期。

1999 年

莫　言：《祖母的门牙》，短篇，《作家》，1999 年第 1 期。

《我们的七叔》，中篇，《花城》，1999 年第 1 期。

《师傅越来越幽默》，中篇，《收获》，1999 年第 2 期。

《藏宝图》，中篇，《钟山》，1999 年第 5 期。

《野骡子》，中篇，《收获》，1999 年第 5 期。

格　非：《马玉兰的生日礼物》，短篇，《作家》，1999 年第 1 期。

苏　童：《古巴刀》，短篇，《作家》，1999 年第 1 期。

《向日葵》，短篇，《大家》，1999 年第 1 期。

《巨婴》，短篇，《大家》，1999 年第 2 期。

《驯子记》，中篇，《钟山》，1999 年第 4 期。

残　雪：《世外桃源》，短篇，《作家》，1999 年第 1 期。
　　　　《变通》，中篇，《花城》，1999 年第 2 期。
　　　　《神秘列车之旅》，中篇，《大家》，1999 年第 4 期。
洪　峰：《1998 年 12 月 31 日的爱情故事》，短篇，《作家》，1999 年第 1 期。
潘　军：《上官先生的恋爱生活》，短篇，《作家》，1999 年第 1 期。
　　　　《独白与手势》，长篇，《作家》，1999 年第 7—12 期。
吕　新：《家峪兄，已经半夜了》，中篇，《山花》，1999 年第 1 期。
刘心武：《树与林同在》，长篇，《中国作家》，1999 年第 1 期。
　　　　《民工老何》，短篇，《收获》，1999 年第 3 期。
铁　凝：《第十二夜》，短篇，《长城》，1999 年第 1 期。
　　　　《永远有多远》，中篇，《十月》，1999 年第 1 期。
叶兆言：《别人的爱情》，长篇，《钟山》，1999 年第 1—2 期。
阎连科：《朝着东南走》，中篇，《人民文学》，1999 年第 3 期。
李　洱：《葬礼》，中篇，《收获》，1999 年第 1 期。
　　　　《上啊，上啊，上花轿》，短篇，《山花》，1999 年第 10 期。
艾　伟：《去上海》，短篇，《人民文学》，1999 年第 2 期。
刘庆邦：《谁家的小姑娘》，短篇，《人民文学》，1999 年第 3 期。
北　村：《周渔的喊叫》，中篇，《大家》，1999 年第 2 期。
　　　　《长征》，中篇，《收获》，1999 年第 6 期。
王安忆：《酒徒》，短篇，《钟山》，1999 年第 2 期。
方　方：《在我的开始是我的结束》，中篇，《大家》，1999 年第 3 期。
　　　　《乌泥湖年谱》，长篇，《钟山》，1999 年第 1—4 期。
　　　　《劫后三家人》，中篇，《长江文艺》，1999 年第 6 期。
林　白：《米缸》，中篇，《花城》，1999 年第 3 期。
鬼　子：《上午打瞌睡的女孩》中篇，《人民文学》，1999 年第 6 期。
东　西：《肚子的记忆》，中篇，《人民文学》，1999 年第 9 期。
毕飞宇：《睁大眼睛睡觉》，中篇，《钟山》，1999 年第 5 期。
池　莉：《乌鸦之歌》，中篇，《上海文学》，1999 年第 9 期。

孙惠芬:《歇马山庄》(节选),长篇,《当代》,1999 年第 5 期。
韩　东:《花花传奇》,中篇,《花城》,1999 年第 6 期。
阎连科:《耙耧天歌》,中篇,《收获》,1999 年第 6 期。
张贤亮:《青春期》,长篇,《收获》,1999 年第 6 期。

2000 年

孙甘露:《镜花缘》短篇,《作家》,2000 年第 1 期。
潘　军:《重瞳》,中篇,《花城》,2000 年第 1 期。
吕　新:《米黄色的朱红》,中篇,《花城》,2000 年第 1 期。
　　　　《我们》,中篇,《上海文学》,2000 年第 10 期。
刘醒龙:《民歌》,中篇,《上海文学》,2000 年第 1 期。
残　雪:《阿娥》,中篇,《小说界》,2000 年第 2 期。
　　　　《生死搏斗》,中篇,《大家》,2000 年第 3 期。
莫　言:《司令的女人》,中篇,《收获》,2000 年第 1 期。
　　　　《天花乱坠》,短篇,《小说界》,2000 年第 3 期。
　　　　《冰雪美人》,短篇,《上海文学》,2000 年第 11 期。
毕飞宇:《唱西皮二簧的一朵》,短篇,《收获》,2000 年第 1 期。
林　白:《玻璃虫》,长篇,《大家》,2000 年第 1 期。
北　村:《家族记忆》,中篇,《大家》,2000 年第 1 期。
　　　　《苏雅的忧愁》,短篇,《作家》,2000 年第 4 期。
蒋子龙:《人气》,长篇,《中国作家》,2000 年第 1 期。
韩　东:《南方以南》,短篇,《作家》,2000 年第 2 期。
东　西:《送我到仇人的身边》,短篇,《作家》,2000 年第 3 期。
　　　　《不要问我》,中篇,《收获》,2000 年第 5 期。
池　莉:《惊世之作》,中篇,《钟山》,2000 年第 2 期。
　　　　《生活秀》,中篇,《十月》,2000 年第 5 期。
苏　童:《桂花连锁集团》,中篇,《收获》,2000 年第 2 期。
　　　　《白杨和白杨》,短篇,《作家》,2000 年第 7 期。
刘　恒:《青春计划》,短篇,《中国作家》,2000 年第 3 期。

刘庆邦：《响器》，短篇，《人民文学》，2000年第4期。

《神木》，中篇，《十月》，2000年第3期。

《外面来的女人》，短篇，《收获》，2000年第5期。

史铁生：《两个故事》，短篇，《作家》，2000年第5期。

迟子建：《满洲国》（第一至十四章），长篇，《钟山》，2000年第3、4期。

《五丈寺庙会》，中篇，《收获》，2000年第3期。

艾　伟：《越野赛跑》长篇，《花城》，2000年第3期。

毕飞宇：《青衣》，中篇，《花城》，2000年第3期。

贾平凹：《怀念狼》，长篇，《收获》，2000年第3期。

陈　染：《声声断断》，长篇，《作家》，2000年第6期。

王安忆：《富萍》，长篇，《收获》，2000年第4期。

张　炜：《外省书》，长篇，《收获》，2000年第5期。

邱华栋：《社区人的故事》，中篇，《时代文学》，2000年第5期。

阿　来：《鱼》，短篇，《花城》，2000年第6期。

后　记

出于工作原因及个人阅读兴趣，近期重新翻阅了中国当代尤其是新时期以来的不少小说及相关研究成果。在惊叹前辈和同行全面、深邃又极具洞察力的理解和分析的同时，也被他们多方位、多视角对各种文学现象和思潮的分析探讨所折服。或许很多研究者也会有同感，即人们翻阅的研究成果越多，生成的假设（如果）也就越多。假设小说作者的情节设计或叙述方式是别样的，抑或如果我们能再换一个角度或方法去探讨同样的问题，等等。如此假设（如果），在某些机遇下，便成了我们学术研究新的方向和研究课题。

两年前在复旦大学结识了段怀清教授，和他交流了自己的一些假设（如果），希望在相互的交流中得到指正。幸运的是，当时那些粗浅的想法得到了段教授的支持和鼓励，他热情推荐了在现当代文学研究领域著述甚丰的厦门大学中文系教授徐勇博士。如此一来，在短期内对那些还不成熟的假设（如果）进一步整理和加工，也便成为可能，亦就此成就了这本《中国当代小说——历史、想象与虚构》。

本研究和写作过程中，本人从段怀清教授和徐勇教授处获益匪浅。徐勇教授同时还承担了本书部分内容的撰写，为本书的专业性和学术质量奠定了坚实基础。就此而言，没有徐勇教授的加盟和合作，就不会有本书的完成出版，这当不过分。

需要说明的是，本书的撰述宗旨，并非希冀对新时期以来中国大陆小说创作发展的轨迹做全面系统的讨论。这方面的工作，国内外很多学者已经开展得极为丰富和全面了。数量可观的专著及学术论文，已经为有兴趣的读者提供了非常丰富的阅读和研究资源。我们在这里希望完成的，是将我们在学习和研究中所发现的一些问题和想法，特别是对新时期以来中国大陆小说界所出现的各种文学现象，其中极具代表性的一些作家及其重要作品的一些认识和想法提出来，供同仁尤其是海外对中国当代小说有兴趣的读者了解、参考和讨论。

斗转星移，新时期以来的中国文学发展迄今，已近半个世纪。回顾过往，中国大陆的社会政治环境和文学及文化氛围的变化，大概是许多小说作者和研究者们所无法预测和想象的。社会生活的多元化，不但为小说创作提供了全新的、多层次的、多视角的素材，也为学界的研究注入了新的思路和构想。面对变化了的社会现实，对这一时期的小说作品和作者进行重新审视，无论对我们了解过去、认识现实或展望未来，都是极具意义的一件事。同时对于学习中国语言文学及文化的外国学生们来说，也可以作为一门有关文学阅读、审美修养以及学术训练的基本课程。

而这也是我们着手撰写这部书稿的初衷。

为了便于读者及学习者对新时期以来中国内地小说出版情况有一个清楚和系统的了解，本书附有这一时期中国大陆小说年表。此年表对各小说作者、作品、发表期刊（出版社）、发表时间等相关资料都做了翔实整理介绍。这一工作，无论是对当代小说的研究者还是读者、学习者来说，可谓提供了一份必不可少的参考资料。

在此我们要衷心感谢段怀清教授。在写作本书的整个过程中，无论从书稿构想的完善、内容的审定，或到最终的审稿，每一步都得到了他无私的指导和帮助。

最后，我们还要衷心感谢复旦大学出版社编辑郑越文女士。感谢她的专业精神和对作者及时的支持和帮助。无论我们写作过程中出现了何种问题，她都给予了足够的理解。她的宽容为我们能专心地写作并完成本书稿提供了坚实的后盾。

周少明

2020 年 5 月于墨尔本

图书在版编目(CIP)数据

中国当代小说:历史、想象与虚构/周少明,徐勇著. —上海:复旦大学出版社,2020.9
ISBN 978-7-309-15215-9

Ⅰ.①中… Ⅱ.①周… ②徐… Ⅲ.①小说研究-中国-当代 Ⅳ.①I207.42

中国版本图书馆CIP数据核字(2020)第134752号

中国当代小说—历史、想象与虚构
周少明 徐 勇 著
责任编辑/郑越文

复旦大学出版社有限公司出版发行
上海市国权路579号 邮编:200433
网址:fupnet@fudanpress.com http://www.fudanpress.com
门市零售:86-21-65102580 团体订购:86-21-65104505
外埠邮购:86-21-65642846 出版部电话:86-21-65642845
上海四维数字图文有限公司

开本890×1240 1/32 印张8.125 字数161千
2020年9月第1版第1次印刷

ISBN 978-7-309-15215-9/I·1239
定价:39.00元